Lia Belle Jones

Curious

ABOUT

You

KYLIE & DYLAN

Romance

Bibliografische Information der Deutschen
Nationalbibliothek:
Die Deutsche Nationalbibliothek verzeichnet diese
Publikation in der Deutschen Nationalbibliografie;
detaillierte bibliografische Daten sind im Internet über
http://dnb.dnb.de abrufbar.

Cover: Dream Design – Cover and Art

Herstellung und Verlag: BoD – Books on Demand,
Norderstedt

ISBN: 9783752604948

Für alle, die gerne Wolken betrachten.

1

Kylie

Nun war ich tatsächlich hier. Es war kaum zu glauben. Ich war in New York City. Nicht nur in meinem Träumen, sondern ganz real. Die kleine Kylie Roberts aus Kansas. Wer hätte das gedacht?

Bisher war ich nur wenig herumgekommen in der Welt, oder überhaupt in den USA. Ich hatte den Sunflower State nie verlassen. Den größten Teil meines bisherigen Lebens hatte ich auf unserer Farm verbracht. Sogar während meiner Zeit auf dem Community College hatte ich weiter zu Hause gewohnt. Deshalb war es nun, mit dem Abschluss in der Tasche, höchste Zeit, mein Leben selbst in die Hand zu nehmen. Es war Zeit, meinen großen Traum wahr werden zu lassen.

»Muss es wirklich New York sein?«, hatte meine Mutter gefragt. Und ja, das musste es. Wenn ich weiter in Kansas bleiben und nie über den Tellerrand hinaussehen würde, dann würde ich mein Ziel nie erreichen. Ein fettes Grinsen breitete sich auf meinem Gesicht aus. Alleine hier zu sein, war der erste

Schritt in die richtige Richtung. Ich hatte ein Praktikum bei einer der bekanntesten Zeitungsredaktionen des Landes, bei *news to know*, ergattert. Es war so verflucht fantastisch, dass ich es immer noch kaum glauben konnte. Es kam mir so surreal vor. Am liebsten hätte ich gejauchzt und getanzt. Da ich mich allerdings gerade mitten in Queens aufhielt, war das vermutlich keine gute Idee. Andererseits, wen würde es stören? Ich sollte meine Kleinstadtgedanken schnell loswerden, obwohl Queens fast den Charme einer Kleinstadt hatte.

Hier kannte mich keiner, und auch, wenn es Momente geben würde, in denen ich mich einsam und allein fühlen würde, bot die Anonymität doch eine große Freiheit. Ich konnte mich neu erfinden. Konnte sein, wer immer ich sein wollte. Keiner würde hier wissen, dass ich eine schreckliche Zahnspange getragen hatte oder in Pete verliebt gewesen war. Ein Lehrer an der Highschool hatte im Unterricht ein Briefchen von meiner Schulfreundin Cindy abgefangen und laut vor der Klasse vorgelesen. So hatten alle davon erfahren und mich ausgelacht, auch Pete.

Keiner wusste, dass ich mir mit 13 Jahren bei dem Versuch, in High Heels zu laufen, meinen Knöchel verletzt hatte, und zwar so heftig, dass ich zwei Wochen lang nur humpeln konnte.

Keiner kannte die schrecklichen Frisuren, die ich mit 12 und mit 14 Jahren gehabt hatte.

Cindy hatte mir geraten, ich sollte mir vor meine Ankunft hier überlegen, wer ich sein wollte, und dann alles dafür tun, dass ich diese Person wurde. Mich einfach komplett neu erfinden. Aber so weit musste ich gar nicht gehen, ich fand mich im Großen und Ganzen schon okay. Ich wollte nur selbstbewusster, irgendwie souveräner werden. Denn ich war ja kein Teenager mehr. Ich hatte einen Collegeabschluss.

Ich musste lernen, für mich selbst einzutreten und für meine Ideen zu kämpfen. Ansonsten wollte ich so bleiben, wie ich war.

Offen, hilfsbereit und neugierig. So beschrieb mich zumindest Lucy, eine Followerin der ersten Stunde. Na ja, wenigstens fast. Meinen Blog ›My ridiculous normal life‹ hatte ich im letzten Highschool-Jahr angefangen. Eigentlich wollte ich nur bis zum Schulabschluss berichten, wie es mir ging, womit ich zu kämpfen hatte und was mein Alltag sonst so hergab.

Nie hätte ich damals gedacht, dass es so viele Leute geben würde, die sich für die Blogbeiträge interessierten und diese lasen. Und das sogar jetzt noch, nach all den Jahren. Es war verrückt. Inzwischen war es ein fester Teil meines Lebens. Den Kontakt zu meiner Community wollte ich nicht mehr missen. Der Austausch bedeutete mir viel, auch wenn er meist oberflächlich blieb. Außer bei Lucy, sie hatte das nicht zugelassen. Mit ihr hatte sich im Laufe der Zeit eine enge Freundschaft entwickelt, obwohl wir uns bisher nur einmal im Real-Life getroffen haben. Wir schrieben und redeten jeden Tag miteinander. Es gab keinen Menschen auf der Welt, der mich so genau kannte und verstand wie sie. Wir vertrauten uns alles an. Die besondere Art unserer Freundschaft hatte den Vorteil, dass sich nichts änderte, obwohl ich so unfassbar weit weggezogen war.

Wow, ich war in New York. Das fühlte sich so surreal an. Aber so war es. Hier war alles größer als zu Hause, die Gebäude, die Menschenmassen und die Möglichkeiten.

Ich schlenderte entspannt durch die Straßen und sog die neuen Eindrücke in mich auf. Die Atmosphäre, die Gerüche, selbst die Anzahl unterschiedlicher Lifestyles. Zumindest auf den ersten Blick lebten hier alle bunt gemischt zusammen, und das gefiel mir. Es gab zum einen die Businessleute im Anzug, die Hipster, dicht gefolgt von Kreativen jeder Art. Große, kleine, helle, dunkle, schlichte und glamouröse. Alle hatten hier ein Zuhause gefunden. Also würde sicher auch ich hier mein Plätzchen finden.

Das Klingeln meines Smartphones riss mich aus den Gedanken. Das konnte zu dieser Zeit doch nur Lucy sein. Mit meiner Mom hatte ich vorhin, nach meiner Ankunft, kurz gesprochen, als ich mein Gepäck in meiner neuen Bleibe abgestellt hatte. Genau hatte ich mir das schnuckelige Apartment bisher nicht angesehen. Es hatte mich gleich zurück auf die Straßen von New York gezogen. Wow. NEW YORK.

Mit einem breiten Grinsen im Gesicht nahm ich endlich den Anruf an.

»Hi, Süße. Bist du schon überfallen worden?«, begrüßte Lucy mich.

»Wie bitte? Nein, was du auch immer denkst. Es ist toll hier. Was sag ich? Es ist großartig, überwältigend.« Ich seufzte verzückt.

»Lass mal sehen«, bat meine Freundin.

Ich schaltete die Kamera ein und drehte mich langsam im Kreis, damit Lucy alles sehen konnte.

»Ah, da ist ja wirklich so ein Hotdog-Stand. Wie im Fernsehen.«

Ich schmunzelte.

»Ja, stimmt. Da hol ich mir gleich mal was zu essen. Ich bin am Verhungern.«

»Neeeeeeeeeiiiiiiiinnnnnnnnn.« Reflexartig riss ich das Telefon weg. Nur zögernd näherte ich mich damit wieder meinem Ohr.

»Warum schreist du mich so an? Willst du etwa, dass ich taub werde?«

»Ich habe nur dein Leben gerettet. Sag danke.« Lucy sprach ohne auf eine Antwort zu warten weiter. »Jeder weiß, dass man mit diesen Straßenständen vorsichtig sein muss.«

»Ich bin hier doch nicht am Ende der Welt.«

»Doch, was die hygienischen Verhältnisse anbelangt, ist das bei diesen Ständen überall so«, beharrte Lucy. »Beobachte zumindest fünf Minuten lang, ob dort sonst noch jemand was kauft. Und damit meine ich etwas zu essen, keine Drogen.«

Sie brachte mich durch ihre übertriebene Vorsicht zum Lachen. Ich liebte dieses Mädel und ihren verrückten Humor. Diese übervorsichtige Seite konnte ich allerdings nur selten ernst nehmen.

»Gut, das werde ich tun. Nun lass uns auflegen. Nicht, dass mir ein gefährlicher Superschurke entgeht, weil mich das Telefonat abgelenkt hat.« Es war nur ein Scherz, Lucy stimmte mir jedoch sofort zu. Kopfschüttelnd steckte ich das Handy zurück in meine riesige Handtasche.

Kurz entschlossen holte ich mir einen Hotdog von dem nahegelegenen Stand. Bisher war keiner nach dem ersten Bissen tot umgefallen, sicher würde ich das auch überleben.

Ich zog mich in eine Gasse zurück, damit ich ihn ungestört essen konnte und mich nicht gleich vollkleckerte. Darin war ich nämlich herausragend.

Als ich mich dabei ertappte, wie ich den Hotdog misstrauisch beäugte, lachte ich mich selbst aus. Er roch lecker, daher biss ich herzhaft hinein. Er schmeckte köstlich. Den ganzen Tag über hatte ich wegen der Aufregung nichts gegessen, und dieses kleine Würstchen kam mir vor wie der Himmel auf Erden. Mit geschlossenen Augen genoss ich den Moment.

Ein heftiger Ruck riss mich fast von den Füßen. Ich taumelte, konnte einen Sturz jedoch gerade noch verhindern. Mein Herz klopfte mir bis zum Hals.

Entsetzt sah ich dem Kerl nach, der mit meiner geliebten Tasche davonrannte. Mein Würstchen lag vergessen auf dem schmutzigen Boden.

In dieser Tasche war mein ganzes Leben. Starr vor Scheck konnte ich kaum einen klaren Gedanken fassen. Stattdessen wirbelten sinnlose Worte ohne Zusammenhang durch meinen Kopf. Fassungslos stand ich da. Wie konnte das passieren? Weshalb mir? Ich brauchte diese Tasche!

Der Kerl war längst um die Ecke gerannt und vermutlich im Getümmel verschwunden. Fuck.

Ich fühlte mich klein und verletzlich. Hier war ich allein, keiner würde mich retten. Daheim in Kansas, in meiner schnuckeligen Stadt, hatten mich die Leute gekannt, da wäre mir sofort jemand zu Hilfe gekommen. Ach verdammt, dort wäre das erst gar nicht passiert.

Ich versuchte, mich zusammenzureißen. Irgendetwas musste ich unternehmen. Mit Bestimmtheit zwang ich mich dazu, mich zu bewegen. Ich war unverletzt, das war doch schon mal was. Langsam setzte ich einen Fuß vor den anderen, auch wenn mir immer noch meine Beine schlotterten. Den Mistkerl hatte ich weder gesehen noch gehört. Diese blöde Gasse.

Kaum hatte ich diesen Gedanken zu Ende gedacht, fiel ein Schatten auf mich.

Instinktiv wich ich zurück. War der Dieb zurückgekommen? Zitternd vor Angst hob ich den Blick und sah einen düsteren Kerl vor mir stehen. Er war groß und muskulös. Sein Gesicht war durch die Kapuze seines schwarzen Hoodies kaum zu sehen. Langes Haar und ein dunkler Bart.

All diese Informationen strömten im Bruchteil einer Sekunde auf mich ein. Irgendwo in meinem Gehirn schrie mir eine Stimme zu, dass es Zeit war, zu verschwinden. Es bestand Gefahr.

Aber ich fühlte keine Angst mehr. Vermutlich war es der Schock. Der Kerl sah eindeutig bedrohlich aus, er kam mir jedoch nicht bedrohlich vor. Es war ein irritierendes, wirres Gefühl.

»Das ist wohl deine.« Seine Stimme klang rau, aber auch warm und angenehm. Selbst wenn der Ton unpassend schroff war.

Erst mit Verzögerung begriff ich, dass mir dieser Fremde, der seltsam faszinierend war, meine Handtasche entgegenhielt.

Eine Sekunde lang starrte ich ihn mit großen Augen an, ohne zu verstehen, was hier passierte. Dann riss ich mich zusammen.

»Oh, danke. Das ist unglaublich.« Schnell nahm ich sie entgegen. »Wie kann ich dir dafür nur danken?« Ich überlegte noch, ob es in einer solchen Situation passend war, einen Fremden auf einen Kaffee einzuladen, oder was sonst angemessen wäre, da wandte sich dieser Typ schon wieder von mir ab. Kurz schaute er noch mal über seine Schulter zurück. Dabei verrutschte seine Kapuze, und ich sah in seine erstaunlich warmen, braunen Augen, die so gar nicht zu seiner distanzierten Art zu passen schienen.

»Pass in Zukunft einfach besser auf deinen Kram auf.« Er sah mich mit einem intensiven Blick an, den ich tief in mir spürte. »Das hier ist das echte New York«, blaffte er noch, bevor er schon wieder aus der Gasse raus und aus meinem Sichtfeld verschwunden war. Seine schroffen Worte passten zu seinem Auftreten, seine Augen versprachen hingegen das Gegenteil.

Ohne darüber nachzudenken, folgte ich ihm, aber er war bereits in der Menge abgetaucht. Auch wenn er offensichtlich nicht der strahlende Ritter aus meinen Kleine-Mädchen-Träumen war, so hatte er mir doch unverhofft geholfen. Und mal ernsthaft: Dieser Kerl war um so vieles heißer als ein Ritter, und dass, obwohl ich ihn gar nicht so genau gesehen hatte.

MY RIDICULOUS NORMAL LIFE
Plauder-Blog von Kylie Roberts

Hi Leute,

ich bin gut in NYC gelandet. Und stellt Euch vor, mir wurde um ein Haar meine Handtasche gestohlen! Wenn mir nicht ein sexy Kerl zu Hilfe gekommen wäre, dann hättet Ihr heute wohl nichts mehr von mir gehört. Noch mal Glück gehabt.

Ich hoffe, Ihr hattet einen schönen Tag.

Liebe Grüße aus dieser trotz allem unglaublichen, umwerfenden Stadt.

Eure Kylie xx

2

Dylan

Scheiße, was tat Shawn hier in Queens? Die Frage war überflüssig, denn er kam aus einer Gasse gerannt, eine Damenhandtasche fest an seine Brust gepresst. Das sollte nicht passieren. Er durfte sich da nicht reinziehen lassen.

Verdammt, ich war wohl immer noch zu nett. Aber damit war ab sofort Schluss. Mit grimmiger Miene marschierte ich direkt auf ihn zu.

»Was zum Teufel denkst du, was du hier tust?«

»Dylan?« Shawn sah mich ertappt an. »Was ... Ich ...«

»Spar dir deine Worte. War ich nicht deutlich genug?«

»Schon ... nur Ty sagt ...«, stammelte der Kleine weiter.

Fast tat er mir leid. Aber nur fast.

»Ty. Immer wieder Ty.« Ich schüttelte den Kopf. Er wurde zum Problem, nicht nur für mich, sondern für die ganzen Kids da draußen.

»Ist Ty so wichtig, dass du dein Leben wegwirfst? Denn genau das tust du gerade.«

»'Tschuldigung.« Shawn war richtig kleinlaut.

Ich verstand ihn, viel zu gut sogar. Das machte es nicht besser. Ich musste den Spagat zwischen Strenge und Freundschaft hinbekommen. Sonst würde ich das Vertrauen der Jungs verlieren. Schnell verdrängte ich den Gedanken daran, dass es bald trotzdem soweit kommen würde.

Hoffentlich hatte ich bis dahin einen besseren Plan. Erst einmal musste diese Situation geklärt werden, und dann würde ich mit Ty sprechen. Ich würde ihm einen fadenscheinigen Grund nennen, weshalb er die Kids vorerst nicht einspannen konnte.

»Bei mir musst du dich nicht entschuldigen, es ist deine Zukunft. Entschuldige dich lieber bei dem Zukunfts-Shawn. «

»Okay, Mann.«

Mit einer Geste forderte ich ihn auf, seine Beute herzugeben. Shawn reichte mir die riesige Handtasche und schlich mit hängendem Kopf davon. Heute Abend würde ich mit ihm Billard spielen, wenn ich ihn im Jugendhaus erwischte. Dann wäre alles wieder in Ordnung.

Mir war klar, dass er es nicht leicht hatte. Das ging den meisten Kids dort so. Aber sie mussten lernen, dass das kein Grund war. Keine Ausrede, um den vermeintlich einfachen Weg zu gehen. Trotzdem spürte ich das schlechte Gewissen an mir nagen. Aber ich musste hart bleiben. Es musste mir gelingen, Shawn und den Jungs klar zu machen, dass der Weg falsch war, der so verlockend auf sie wirkte. Genau wie ich vor ein paar Jahren konnten oder wollten sie nicht sehen, wohin sie das führte. Sie sahen keine Alternative dazu, es war zu verführerisch. Daran war ich schuld. Sie fanden mich cool und eiferten mir nach. Wenn sie nur wüssten, was das für eine verfluchte Scheiße war, in der ich steckte.

Die Tasche war unerwartet schwer. Was zum Teufel war da alles drin? Fast hatte ich die Gasse erreicht, aus der Shawn vor wenigen Augenblicken herausgerannt war.

Und dann sah ich sie. Ein Mädchen, besser gesagt eine junge Frau. Ihr Anblick traf mich wie ein Stich ins Herz. Keine Ahnung, wieso. Völlig verloren stand sie in dieser schmutzigen, kleinen Gasse. Was hatte sie dort nur zu suchen?

Sie sah aus, als wäre sie eben noch von der Sonne geküsst worden. Frisch und rein. Fuck, was dachte ich da nur für einen

Mist? Grimmig gab ich ihr die Tasche zurück und verschwand mit dem Wissen, dass mich ihr Gesicht noch eine Weile verfolgen würde. Verdammte Scheiße.

3

Kylie

Als ich wieder in meinem kleinen Apartment angekommen war, saß der Schreck noch tief. Wenn Mr. Hoodie nicht gekommen wäre, hätte ich heftig in der Tinte gesessen. Erst mal hatte ich genug davon, mein Umfeld zu erkunden. Daher hatte ich mir nur schnell was von einem China-Imbiss mitgenommen und war zurückgekommen. Zurück in mein neues Zuhause, das mir im Vergleich zu unserer Farm fast wie ein Schuhkarton vorkam, das aber trotzdem seinen Reiz hatte. Denn es war meines. Es gab niemanden, der unangemeldet hereinkommen oder mich vom Lernen abhalten würde.

In diesem Moment wurde mir klar, dass ich das nicht mehr musste. Natürlich musste ich noch viel lernen, aber ich hatte meinen Abschluss in der Tasche. Man verbrachte so viel Zeit mit Schulaufgaben, und auch am College gab es ständig Hausarbeiten und Prüfungen. Es war seltsam, dass das nun alles vorbei war. Irgendwie wurde mir das erst nach und nach bewusst. Ich würde nicht mehr täglich zum College fahren, wenn der Sommer zu Ende war. Ich würde meine Zeit nicht in Hörsälen verbringen. Kein Abhängen auf dem Campus mehr. Kein Heimkommen zur Farm, wo es für meinen Geschmack immer zu viele Leute, zu viele Tiere gegeben hatte. Es war nie ein langsames Ankommen gewesen. Irgendjemand begrüßte einen schon am Auto und forderte die ganze Aufmerksamkeit, kaum, dass man ausgestiegen war.

Meistens waren es mein kleiner Cousin Will und der Familienhund Wuff. Ja, Wuff war ein bescheuerter Name. Will durfte den Namen aussuchen, da war er gerade einmal drei Jahre alt. Dabei kam Wuff heraus. Aber ich liebte Wuff trotzdem und meinen Cousin natürlich auch.

Doch jetzt war ich hier zu Hause. Hier war niemand, der mich begrüßte, der mich willkommen hieß. Fast vermisste ich den Lärm und das Gebell. Hier war auch keiner, dem ich von dem beängstigenden Erlebnis vorhin erzählen konnte. Meine Mutter hätte mich an sich gedrückt und mir über den Kopf gestreichelt, wie sie es schon getan hatte, als ich noch ein Kind war. Bei dem Gedanken daran konnte ich ihren Duft fast riechen. Sie roch immer nach Heu und Erdbeeren. Keine Ahnung, weshalb. Erdbeeren pflanzten wir bei uns auf der Farm gar nicht an.

Auch, wenn ich es nicht zugeben wollte: Ich vermisste Mom und Dad, Tante Clara und Onkel Henry und natürlich Will und Wuff. Mir fehlte der ganze chaotische Haufen, aus dem meine Familie bestand, jetzt schon. Schnell blinzelte ich die aufsteigenden Tränen weg. Ich war 22 Jahre alt, und nur, weil ich bisher kaum rumgekommen war, hieß das nicht, dass ich das hier nicht schaffen konnte. Ich wollte es. Das war so lange mein Wunsch gewesen – Journalistin werden, und zwar nicht für die Klatschspalten. Echter Journalismus. Keine verdrehten Geschichten, sondern neutrale Fakten, damit sich jeder informieren und seine eigenen Schlüsse ziehen konnte. Nicht diese reißerischen Berichte, die nur Angst schürten, obwohl dies meist gar nicht nötig war. Denn das war meiner Einschätzung nach ein Teil des Problems unserer Gesellschaft. Medien machten Meinung. Jeder versuchte, andere zu manipulieren und zu beeinflussen, in allen Bereichen des, bis hin zur Politik.

Ich wünschte mir, dass jeder in der Lage war, Nachrichten zu hinterfragen, Fake-News zu erkennen und dadurch angstfreier zu leben. Mir war bewusst, dass die Welt nicht nur gut war. Aber genauso wenig war sie nur schlecht. Manchmal musste man etwas riskieren.

Ich wollte das Leben hier und ich konnte nur hoffen, dass mein Praktikum positiv verlief und mir im besten Fall einen festen Job einbringen würde.

Ich atmete tief durch und riss mich zusammen.

Ja, hier war alles neu und anders. Aber das hatte ich so gewollt. Es war der erste Schritt in mein neues Leben.

Es wurde Zeit, das kleine Apartment genauer zu betrachten, beschloss ich. Mein Essen war vermutlich inzwischen kalt.

Die Wände waren alle weiß, der Boden war mit einem beigegrauen Teppich bedeckt. Hier fehlte definitiv etwas Deko, eine persönliche Note. Die sogenannte Küche war lediglich eine Nische. Immerhin gab es eine Mikrowelle, dazu einen Wasserkocher, zwei Herdplatten und einen kleinen Kühlschrank neben der Spüle. Im Bad war genug Platz, um sich umzudrehen, allerdings nicht mit ausgestreckten Armen. Eine Dusche, ein wacklig aussehendes Regal, ein Waschbecken mit Spiegelschrank und eine Toilette. Mehr würde ich wohl auch nicht benötigen. Die Miete war dafür trotzdem heftig.

Ansonsten gab es einen kleinen Tisch mit Stuhl, einen Kleiderschrank, der muffig roch, eine Kommode, ein Wandregal, ein Bett mit Nachttisch. Darauf stellte ich als Erstes meinen Wecker. Es war ein altes Modell zum Aufziehen. Er war nicht modern, aber er erinnerte mich an meinen Grandpa.

Früher hatte er mir abends vorgelesen. Damit er die Nachrichten im Fernsehen nicht verpasste, wurde immer dieser Wecker gestellt. Wie oft hatte ich dieses Klingeln, das eher ein Rattern war, verflucht. Denn es hatte uns aus den

Welten zurückgeholt, in die wir beim Lesen eingetaucht waren. Wehmütig strich ich über den Wecker. Mein Grandpa hatte mir viele Jahre lang vorgelesen, und als ich älter wurde, haben wir weiter zusammen gelesen. Er war es, der meine Liebe zu Büchern, zu Worten und meinen unstillbaren Wissensdurst geweckt hatte. Ihm hatte ich es zu verdanken, dass ich Journalistin werden wollte. Er half mir, die Sache mit Marco in einem anderen Licht zu sehen.

Seiner Meinung nach war jeder in der Lage, sich für eine bessere Welt einzusetzen. Wenn ich ihn gefragt habe, was meine Eltern denn dafür taten, meinte er, dass sie gute Menschen seien. Wenn ich weiter nachhakte, erklärte er mir mit einem Zwinkern, dass Dad Mom glücklich machte und sie deshalb die Welt mit ihrem Apple Pie zu einem besseren Ort werden ließ. Dann lachten wir immer, denn es gab nichts auf dem Planeten das großartiger war als Moms Apple Pie.

Sein Tod vor vier Jahren hat mich mitgenommen. Ohne ihn war Harry Potter nicht mehr dasselbe.

Nach und nach packte ich die Reisetasche und meinen Koffer aus. Vieles hatte ich nicht mitnehmen können, aber für den Start würde es ausreichen. Morgen hatte ich noch einen Tag, um anzukommen, bevor mein Praktikum begann.

Ich war so unglaublich aufgeregt, dass ich kaum stillsitzen konnte. Unter keinen Umständen durfte ich das vermasseln.

Oh, ich war so gespannt auf das neue Leben hier. Unwillkürlich schob sich ein düsteres Gesicht vor mein inneres Auge. Ein düsteres Gesicht mit einem unerwartet warmen Blick. Wie hoch war die Wahrscheinlichkeit, diesen Kerl wiederzusehen, in einer Stadt dieser Größe?

Ich stutzte über meine eigenen Gedanken. Vermutlich war ich so dankbar wegen meiner Tasche, dass ich ihn wiedersehen wollte. Er war nicht gerade höflich gewesen. Klar war es echt super, dass er meine Tasche gerettet hat. Aber das war es dann schon. So einen grimmigen Typen konnte im echten Leben keiner gebrauchen, egal, wie heiß er war.

Nachdem ich alles verstaut hatte und mein Bett frisch bezogen war, holte ich meinen Laptop hervor. Es war ein älteres Modell, bei dem sich die ersten Zicken bemerkbar machten. Ich hoffte, dass er so lange durchhielt, bis ich das Geld für einen neuen gespart hatte. Summend erwachte er zum Leben. Gewohnheitsgemäß checkte ich meinen Blog und die sozialen Netzwerke.

Auf meinen kurzen Post, den ich vorhin beim Warten im Imbiss geschrieben hatte, hatte es unzählige Reaktionen gegeben.

Imbiss – schon wieder hatte ich mein Essen vergessen. Schnell machte ich mir es in der Mikrowelle warm und fing an, die Kommentare zu lesen und die Fragen zu beantworten.

Immerhin gab mir das ein vertrautes Gefühl. Unglaublich, wie viele Menschen, die ich im echten Leben nie getroffen hatte, sich um mich sorgten. Das war unerwartet rührend.

Wenige Sekunden, nachdem ich gesehen hatte, dass Lucy online war, klingelte mein Handy.

»Kann man dich denn gar nicht allein lassen?«, quasselte sie ohne Begrüßung los.

»Hi, es geht mir gut. Danke der Nachfrage«, scherzte ich, um sie etwas runterzubringen.

»Dir ist wirklich nichts passiert, oder?« Ihre Stimme hatte einen leiseren, ernsteren Klang bekommen.

Meine Schulter tat von dem Ruck, mit dem der Dieb meine Tasche heruntergerissen hatte, immer noch weh, aber das behielt ich für mich.

»Ja, mir ist nichts passiert, nur mein Hotdog ist auf der Straße gelandet.«

»Na, dann hat der Dieb dir vermutlich sogar das Leben gerettet.«

So brachte sie mich zum Lachen, und ich war froh darüber. Erst jetzt merkte ich, wie angespannt ich immer noch war.

»Im Ernst, bist du okay?«

»Ja, auch wenn es mir einen gehörigen Schrecken eingejagt hat«, versicherte ich ihr.

Ich hörte, wie sie erleichtert ausatmete. Wir sprachen es beide nicht an, dass sie mich noch explizit gewarnt hatte.

»Gut, ich bin wirklich froh darüber. Und nun erzähl mir endlich von diesem sexy Kerl. Wer ist er? Wie heißt er? Und wann seht ihr euch wieder? Kann ich schon Urlaub für die Hochzeit beantragen?«

Offenbar war es mir tatsächlich gelungen, Lucy zu beruhigen.

»Er war eigentlich echt unhöflich und ist gleich wieder verschwunden. Also nichts mit Traumtyp und Hochzeit«, zog ich sie auf. »Aber hey, ich habe meine Tasche und somit mein Leben wieder.«

»Das ist immerhin etwas. Und vielleicht hast du ja einen netten Kollegen.«

»Ich hoffe doch, dass es mehr als einer ist.«

»Na, du gehst ja ran«, amüsierte sich Lucy.

»Hey, du weißt genau, was ich meine. Ich hoffe wirklich, dass dort alle nett zu mir sind. Ich habe echt ein bisschen Angst davor, dass ich gar keinen Anschluss finde.«

»Ich weiß. Aber ich weiß auch, wie fabelhaft du bist, also mach dir keine Sorgen. Das wird schon. Weißt du denn schon, was du an deinem ersten Tag anziehen wirst?«

MY RIDICULOUS NORMAL LIFE
Plauder-Blog von Kylie Roberts

Hey Ihr Lieben,

tausend Dank für Eure vielen Nachrichten. Aber seid unbesorgt, mir geht es gut und ich liebe es hier in New York. Heute werde ich mich in Manhattan rumtreiben. Mal sehen, welche Abenteuer dort auf mich warten. Seid bitte nicht sauer, wenn ich nicht so schnell antworte wie gewohnt.

Habt einen tollen Tag.

Eure Kylie xx

4

Kylie

Obwohl ich unruhig geschlafen hatte, wachte ich gutgelaunt und voller Tatendrang auf. Das Gespräch mit Lucy hatte mich den Schrecken vergessen lassen.

Es war ja zum Glück nichts Ernstes passiert, daher hatte ich beschlossen, dass ich mich auf die Abenteuer konzentrieren würde, die vor mir lagen. Heute wollte ich schon mal den Weg zur Redaktion von *news to know* abfahren, damit ich einschätzen konnte, wie lange ich mit der U-Bahn brauchen würde. Laut Fahrplan betrug die Fahrtzeit etwa eine Stunde. Das war echt lange, aber eine Wohnung in Manhattan war unbezahlbar. Die Zeit konnte ich trotzdem nutzen, indem ich Blogbeiträge plante oder las. Ich hatte keine Ahnung, ob ich da unten WLAN hatte.

Wenn ich dann heute schon mal in Manhattan war, würde ich auf jeden Fall shoppen, ein bisschen durch die Straßen bummeln und sehen, was der Tag so brachte.

Nach diesem entspannten Tag hätte ich voller Elan in mein neues Praktikum starten können. Eigentlich.

Mein erster Tag kam jedoch einer Katastrophe gleich. Es war kein Wunder, dass mich meine neuen Kollegen gemieden hatten. Okay, vielleicht waren sie tatsächlich nur beschäftigt. Aber fangen wir damit an, dass ich kaum ein Auge schließen konnte, weil ich fürchterliche Angst vor dem ersten Tag hatte.

Ich befürchtete, zu verschlafen, hatte Bammel davor, dass die Kollegen mich nicht mögen würden, Angst, den Ansprüchen nicht zu genügen. Dementsprechend mies fühlte ich mich, nachdem der Wecker meines Grandpas mich zuverlässig geweckt hatte. Mir kam es vor, als hätte ich nur Sekunden geschlafen. Vielleicht war es auch so. Irgendwann hatte ich mich schlicht geweigert, auf die Uhr zu sehen. Das stetige Voranschreiten der Zeit, verbunden mit dem Problem, nicht einschlafen zu können, hatte meine Panik nicht gerade beruhigt.

Völlig neben mir stand ich auf und wankte ins Bad. Am Türrahmen stieß ich mir den kleinen Zeh, was höllisch schmerzte, aber mich wenigstens so weit weckte, dass ich mir nicht mehr so zombiehaft vorkam. Leider sah ich trotzdem so aus. Meine blonden Haare hatten Ähnlichkeit mit einem Vogelnest. Vermutlich, weil ich mich die ganze Nacht hin und her gewälzt hatte. In der Dusche rutschte ich aus, konnte einen Sturz zum Glück verhindern. Dafür erwischte es meinen linken Ellenbogen. Das würde einen üblen blauen Fleck geben.

Wenigstens war ich jetzt gewarnt, dass ich heute vorsichtiger sein musste. Offenbar war ich über Nacht zu einem Tollpatsch geworden. Hoffentlich legte sich das wieder.

Sorgfältig trug ich ein vollständiges Tages-Make-up auf. Normalerweise begnügte ich mich meist mit Mascara und etwas Lipgloss. Aber ein guter erster Eindruck war mir wichtig, außerdem musste ich diese Augenringe des Todes wegschminken.

Nachdem ich vorzeigbar war und mich angezogen hatte, fühlte ich mich schon besser. Mir gelang sogar ein aufmunterndes Lächeln vor dem Spiegel.

Und so beschloss ich, meine positive Einstellung wiederzufinden und nicht mehr verschwinden zu lassen. Das schien zum Glück zu funktionieren. Obwohl sich die Türen der U-Bahn schlossen, kaum, dass ich den Bahnsteig der Haltestelle Rockaway Boulevard erreichte. Zur Sicherheit hatte ich extra einen Train früher nehmen wollen, aber mit dem nächsten wäre ich immer noch rechtzeitig in Manhattan. So hatte ich wenigstens Zeit, mir schnell einen Kaffee zu besorgen. Alles halb so wild.

Nach dem ersten genüsslichen Schluck war die Welt fast wieder in Ordnung.

Zumindest, bis mich ein Anzugtyp im Vorbeieilen anrempelte und der heiße Latte Macchiato auf meine hellgraue Bluse kippte. Aua!

Das war der Moment, in dem ich mir sicher war, dass sich das ganze Universum gegen mich verschworen hatte.

Es war wie verhext. Wollte mich mein Schicksal davon abhalten, das Praktikum anzutreten oder gar in New York zu bleiben? Ich suchte eine Toilette auf und versuchte zu retten, was zu retten war. Um nicht noch mehr Zeit zu verlieren, beschloss ich jedoch kurzerhand, meinen Blazer den ganzen Tag anzulassen und nach Möglichkeit geschlossen zu halten. Dann würde den riesigen Fleck keiner bemerken. Es blieb mir nichts anderes übrig. Nun musste ich mich doch sputen, damit ich rechtzeitig nach Manhattan kam. Eigentlich hatte ich eine gute halbe Stunde früher in der Redaktion sein wollen, das wurde nichts mehr.

Die U-Bahn war durch die unzähligen Pendler so stickig und voll, dass ich nach der langen Fahrt froh war, wieder an der frischen Luft zu sein.

Die vielen Leute, die mit mir aus der U-Bahn strömten, lenkten mich ab und ich bog in die falsche Straße ein. Es dauerte, bis ich meinen Fehler bemerkte. Daher musste ich ein ganzes Stück zurückgehen, bis ich endlich vor dem richtigen Gebäude ankam. Am Empfang bekam ich einen Besucherausweis und wurde mit dem Aufzug in den 5. Stock geschickt. Gerade so schaffte ich es zwei Minuten vor Arbeitsbeginn, in der Redaktion anzukommen. Eine grau melierte Sekretärin meldete mich an. Ihre Miene war undurchdringlich. Kein »Herzlich Willkommen«. Nicht mal ein Lächeln. Vor Nervosität hätte ich am liebsten an den Nägeln gekaut, dabei war das sonst nicht meine Art. Ich riss mich zusammen und sprach mir selbst Mut zu. Ja, es war heute einiges schief gelaufen, aber ich war hier. Es konnte nur besser werden.

Nach wenigen Augenblicken kam ein grimmig wirkender Mann im Anzug auf mich zu.

»Ms. Roberts, kommen Sie doch bitte gleich in mein Büro.« Der Chefredakteur von *news to know*, Mr. Orsen, schien heute ebenfalls keinen guten Tag zu haben, zumindest, wenn das nicht seine normale Miene und sein gewohnter Tonfall waren. Waren so etwa alle New Yorker?

Ich schluckte und folgte ihm. Er hatte sich hinter seinen ausladenden Schreibtisch gesetzt und las irgendetwas. Wortlos zeigte er auf den rechten der beiden Besucherstühle.

»Lassen Sie mich gleich zu Beginn ein paar Dinge klarstellen.« Er wartete meine Antwort nicht ab, sondern sprach direkt weiter. Daher nickte ich nur.

»Die Praktikanten kommen hier üblicherweise nicht auf den letzten Drücker an.«

»Es tut mir leid, ich …«, begann ich, doch er fiel mir ins Wort.

»Es interessiert mich nicht, was auch immer der Grund für Ihr spätes Erscheinen ist. Sie sind hier nicht auf dem College. Der Job hier ist hart. Sie werden Kaffee kochen, Essen besorgen, und wenn Sie den Ehrgeiz haben, auch die eine oder andere Recherche zu übernehmen, dann legen Sie sich ins Zeug. Unsere Branche ist ein Haifischbecken. Jeder, der nicht 150 Prozent gibt, wird sofort gefressen.«

»Ja, Sir.« Ich zwang mich, ihm direkt in die Augen zu sehen. Er sah mich einen Moment lang an, bevor er weitersprach.

»Gut, dann verstehen wir uns.«

Er drückte auf einen Knopf an der modernen Telefonanlage auf seinem Schreibtisch und rief jemanden mit Namen Jacobson zu uns. Ein junger Kerl steckte fragend den Kopf durch die Tür.

»Das ist Mr. Jacobson, ebenfalls ein Praktikant. Er ist schon etwas länger hier und kann Sie in die Aufgaben einweisen.«

»Danke, Mr. Orsen.« Ich stand auf und wandte mich zum Gehen. Auf mein Lächeln reagierte der große, schlaksige Mr. Jacobson mit verdrehten Augen und gab mir mit einem Wink zu verstehen, dass ich ihm folgen sollte. Na, das konnte ja heiter werden.

Nachdem ich gelernt hatte, wie man die steinzeitartige Kaffeemaschine bediente und wo man innerhalb eines Blocks die besten Donuts und Pausensnacks besorgen konnte, kamen wir zurück in die Redaktion. Während wir das Essen verteilten, stellte mich der herablassende Schnösel den anwesenden Kollegen vor. Sich selbst hatte er fast widerwillig als Trevor vorgestellt.

Heute waren nicht viele Mitarbeiter da, aber das schien nicht ungewöhnlich zu sein. Sie alle beachteten mich kaum, manche grüßten nicht einmal.

Die Gesichter und Namen vermischten sich und verschwanden aus meinem Gedächtnis, nur wenige Sekunden, nachdem ich sie gehört hatte. Hoffentlich fand ich online eine Mitarbeiterübersicht, damit ich mir später merken konnte, wer wie hieß.

Jeder in der Redaktion hatte eine eigene Nische in dem Großraumbüro. Diese waren mit hohen Schallschutzwänden umgeben, sodass man ungestört arbeiten oder spontan ein vertrauliches Gespräch mit einem Informanten führen konnte. Trotzdem war es insgesamt recht laut.

Ansonsten gab es Besprechungsräume, einen Pausenraum und Toiletten. Das Archiv war in einem Nebengebäude untergebracht.

Mr. Orsen war der einzige, der ein eigenes Büro hatte. Seine Tür blieb für den Rest des Tages geschlossen, was mich nicht im Geringsten störte.

Trevor gab mir einen Laptop und zeigte mir meinen Arbeitsplatz. Zudem bekam ich einige Infoblätter und Formulare zum Ausfüllen. Mit stolzem Lächeln nahm ich den Mitarbeiterausweis an, der mir Zugang zum Gebäude gewährte.

Trevor war nicht sehr hilfreich. Er antwortete auf meine Fragen entweder nur knapp oder mit „Das steht im Intranet."

Also kämpfte ich mich allein durch. Mir rauchte schon bald der Kopf vor lauter neuer Informationen. Der Schlafmangel machte sich gegen Mittag endgültig bemerkbar, trotzdem ließ ich die Mittagspause ausfallen, um nach meiner »Verspätung« heute Morgen einen besseren Eindruck zu machen. Ich holte mir lediglich einen Kaffee im Pausenraum.

Dort begegnete ich einem Kollegen, der mir am Vormittag bereits vorgestellt worden war. Natürlich hatte ich keinen blassen Schimmer mehr, wie er hieß.

Wie ein Journalist sah er in dem schicken dunklen Anzug gar nicht aus. Seine blonden kurzen Haare waren unauffällig gestylt. Er hatte ein attraktives Gesicht. Aber wie war sein Name? Er wollte mir nicht einfallen. Ich tat das, was man in einem solchen Moment eben tat. Ich lächelte ihn an, murmelte ein »Hi« und eilte zielstrebig zur Kaffeemaschine. Natürlich zeigte die just in diesem Augenblick eine Fehlermeldung an. Ich drückte ein paarmal auf dem Display herum, aber ich hatte keine Ahnung, was zu tun war. Und ich brauchte diesen

Kaffee verdammt dringend. Am Nachmittag war ich im Archiv eingeteilt, das bedeutete noch mehr neuen Input.

Wie sprach man jemanden an, dessen Namen man nicht kannte, obwohl man ihn wissen sollte? Ich wollte nicht, dass sich hier rumsprach, dass ich so unfähig war und mir nicht einmal die paar Namen merken konnte. Uninspiriert drückte ich noch mal auf das Display, wie erwartet ohne Erfolg.

Ach, Scheiß drauf, was die von mir dachten. Ich brauchte diesen Kaffee. Lächelnd drehte ich mich um. Mein Kollege tat nicht einmal so, als hätte er mich nicht beobachtet.

»Diese Kaffeemaschine scheint kaputt zu sein. Kennen Sie sich damit aus?« Es ging doch, man konnte jemanden ohne Namen ansprechen. Vielleicht fiel es ihm gar nicht auf.

»Na klar, drück einfach den Knopf, der links auf der Rückseite versteckt ist. Nach 20 Sekunden drückst du noch mal. So kannst du das Mistding neu starten.«

»Ich danke Ihnen.«

»Wir waren schon beim Du.« Er schenkte mir ein charmantes Lächeln.

Eine leichte Röte stahl sich auf meine Wangen. Der Versuch, hier einen guten Eindruck zu machen, war offenbar souverän gescheitert.

»Schon gut, das muss dir nicht unangenehm sein. Wenn man hier neu anfängt, dauert es meist eine Weile, bis man alle Namen und Gesichter zusammen hat. Ich bin Steven.« Sein Lächeln erwiderte ich dankbar. Endlich ein Mensch, der lächeln konnte.

»Danke, das ist wirklich lieb von dir, Steven.«

»Kein Problem, Kylie.«

»Meinen Namen scheinst du dir schnell gemerkt zu haben«, rutschte es mir heraus. Wie dämlich mein Kommentar war. Das ärgerte mich schon wieder, schließlich hatte heute nur eine Praktikantin neu angefangen. Das war keine große

Leistung, sich einen Namen zu merken. Steven musste das auch klar sein. Er lächelte dennoch.

»Bei so einer hübschen Frau lohnt es sich, sich den Namen zu merken.«

»Äh ... Danke«, stammelte ich. Steven lächelte mich wieder an.

»Wie läuft es bisher so? Bist du mit dem Papierkram schon fertig?«

»Ja, ich bin nun offiziell Praktikantin hier. Und natürlich bin ich verschwiegen wie ein Grab«, erklärte ich in Anspielung auf die seitenlange Verschwiegenheitsvereinbarung, die ich hatte unterzeichnen müssen.

»Zumindest hast du dich vertraglich zum Schweigen verpflichtet. Nachrichten sind einiges wert. Es wäre fatal, wenn Infos bewusst oder auch unbewusst in die falschen Hände gerieten.«

Ich verstand seine Warnung als gutgemeinten Ratschlag und nickte bestätigend. Da ich nicht wollte, dass mich Mr. Orsen hier beim Quatschen erwischte, erklärte ich Steven, dass ich im Archiv erwartet wurde und verabschiedete mich. Er hatte mich zwar erst mal auflaufen lassen, aber dann war er recht nett gewesen. Ein erster Lichtblick.

Das Archiv war beeindruckend. Regale, soweit das Auge reichte. Die alten Printausgaben wurden hier zwischengelagert, bis alle digitalisiert waren. Genau das stellte sich als die Aufgabe für den Rest des Tages heraus. Hank hieß hier mein Ansprechpartner, er war ein zurückhaltender, hagerer Mann mit ergrautem Haarkranz. Das Arbeiten mit ihm war recht angenehm. Nachdem er mir das Computerprogramm und alles Erforderliche erklärt hatte, arbeiteten wir überwiegend schweigend. Es war nicht allzu anspruchsvoll, so konnte ich mich sammeln und hatte das Gefühl, wieder durchatmen zu können.

Der Vormittag war grauenvoll. Entweder war ich skeptisch beäugt oder ignoriert worden. Kurz war ich in Versuchung, Lucy anzurufen und mich auszuheulen. Eine Millisekunde lang hatte ich sogar an Aufgeben gedacht, aber das kam für mich gar nicht infrage. Stattdessen versuchte ich, es wieder positiv anzugehen. Es konnte nur besser werden.

Meine Gedanken schweiften zu den letzten beiden Tagen. Das Ankommen und das Gefühl, dass ich hier genau richtig war. Dass sich hier alle Träume erfüllen konnten. Durch den Taschendieb war diese Euphorie etwas gebremst worden. Mr. Hoodie hatte mir zum Glück meine Tasche wiedergebracht. Mr. Hoodie. Immer wieder ertappte ich mich dabei, dass ich an ihn dachte. Es war absurd, aber andererseits tat es niemandem weh.

Den Tag gestern hatte ich komplett in Manhattan verbracht. Ich war shoppen, natürlich durfte auch Sightseeing nicht fehlen. Bei meinen Followern kamen die Bilder, die ich gepostet hatte, richtig gut an. Seit ich hier war, hatte ich etliche neue dazubekommen.

Als Hank Feierabend hatte, ging ich zurück in die Redaktion, um zu sehen, ob ich noch etwas erledigen konnte. Das war offenbar nicht der Fall, so machte auch ich Schluss für den Tag. Und fuhr erschöpft zurück nach Queens.

MY RIDICULOUS NORMAL LIFE
Plauder-Blog von Kylie Roberts

Hi, Ihr Lieben,

ich hoffe, Ihr hattet einen großartigen Tag.

Meiner war aufregend, aber auch anstrengend. Wie heißt es so schön: ›aller Anfang ist schwer.‹

Solange es der Anfang der Verwirklichung meines Lebenstraumes ist, habe ich damit absolut kein Problem.

Habt eine gute Zeit und sorry, dass ich momentan nur kurze Beiträge poste.

Eure Kylie xx

5

Dylan

Wie so oft kam ich genervt und erschöpft nach Hause. Tante Martha begrüßte mich wie immer fürsorglich. Sie war eine liebenswerte Frau. So ganz anders als ihre Schwester, meine Mutter. Eigentlich wollte ich nur meine Ruhe haben.

Das Gespräch mit Ty war nicht wie geplant gelaufen. Ich hatte ihm erzählt, dass die Polizei auf die Jungs aufmerksam geworden war und wir erst mal den Ball flachhalten sollten. Dumm nur, dass ich mit dieser lächerlichen Geschichte das Gegenteil erreicht hatte. Er wollte die Kids nun tiefer reinziehen. Sie sollten beweisen, dass sie seinen Schutz wert wären, hatte er erklärt. Damit hatte ich nicht gerechnet. Manchmal kam ich mir unglaublich dumm und naiv vor. Als ob ein Mann wie Ty so schnell aufgeben würde. Er hatte mir die Schulter getätschelt und gesagt, dass ich noch einiges zu lernen hätte. Wie einen verdammten Schuljungen hatte er mich behandelt. Genervt versuchte ich, tief durchzuatmen. Ich hatte mir geschworen, dass ich alles dafür tun würde, diese Wut loszuwerden. Ich würde alles dafür tun, um mich nicht so ohnmächtig und gefangen zu fühlen.

Ich musste mich beruhigen und weiter nachdenken. Nicht, dass das etwas gebracht hätte, denn für mein Dilemma gab es keine simple Lösung.

Trotzdem brachte ich es nicht über mich, Tante Martha einfach stehenzulassen. Sie hatte mich vom ersten Tag an wie einen Sohn behandelt und mir nie das Gefühl gegeben, nur geduldet zu sein.

»Willst du etwas essen?«

»Nein, danke. «

»Du siehst müde aus. Warst du heute wieder im Jugendhaus?«

Auf mein Nicken hin erklärte sie mir, wie stolz sie auf mich wäre, weil ich mich so selbstlos engagierte. Wenn sie wüsste, wie mein Engagement genau aussah, hätte sie mich vermutlich zum Teufel gejagt. Oder schlimmer, zurück zu meiner Mom. Vielleicht hätte ich das verdient. Vermutlich wäre es sogar besser. Nicht für mich, das definitiv nicht, aber für die Kids.

Die Wahrheit war, dass ich mein altes Leben, mein altes Ich, genauso wenig mochte wie mein jetziges. Wenn ich daran dachte – was ich üblicherweise vermied – wurde mir bewusst, wie ich gewesen war. Nein, ich konnte das nicht mehr. Ich war ein oberflächlicher Arsch gewesen. Verwöhnt durch die ständige Verfügbarkeit von allem. Ich konnte alles haben, mir alles erlauben, ohne ernste Konsequenzen fürchten zu müssen.

So wollte ich definitiv nicht mehr sein. Es gab kein Zurück in mein altes Leben, egal, wie sich die Dinge entwickeln würden.

Oben in meinem Zimmer angekommen, schmiedete ich weiter an dem Plan, wie ich meinem jetzigen Leben entkommen konnte. In meinen dunkelsten Momenten wagte ich nicht, darüber nachzudenken, was aus mir geworden war. Manchmal hatte ich Angst vor dem, was von mir noch übrig wäre, wenn all das hier überstanden war. Vermutlich stellte sich eher die Frage, ob und wie ich hier jemals heil wieder rauskommen würde.

Ty war kein gnädiger Mensch. Er war knallhart. Dass man ihm das nicht auf den ersten Blick ansah, machte ihn nur umso gefährlicher. Zudem war er leider extrem vorsichtig und misstrauisch. Es grenzte fast an Verfolgungswahn. All das erschwerte es mir, einen vernünftigen Plan zu entwickeln. Und das war es, was ich in nahezu jeder freien Minute tat. Zumindest, wenn sich meine Gedanken nicht zu dem blonden Mädel in der Gasse verirrten. Das machten sie leider häufiger, seit ich sie dort gesehen hatte.

Keine Ablenkung. Vergiss die Kleine. Du brauchst einen besseren Plan, riet ich mir zum wiederholten Mal.

So viele endlose Stunden hatte ich mit Grübeln und Abwägen verbracht, ohne einen Ausweg zu finden. Nicht nur meinetwegen, sondern auch für die Jungs. Aber nun war das vorbei. Jetzt war die Zeit zum Handeln, dringender denn je. Bald wäre es zu spät. Wie ich es auch drehte und wendete – ich war der einzige, der etwas unternehmen würde. Und die Uhr tickte.

Es musste legal sein. Es durfte nicht einmal den Hauch einer Chance geben, mir an den Karren zu fahren. Mir fiel dazu nur eine Idee ein. Ich brauchte Geld.

Keine Ahnung, ob Ty mich gehen lassen würde, wenn ich es hätte. Und was würde mit den Kids passieren?

6

Kylie

Der nächste Tag war um Welten besser. Das lag hauptsächlich an einer Kollegin, Molly Milton. Sie war wie eine Urgewalt, eine der guten Art. Sie war wild und ungebändigt. Auch wenn sie mich zuerst etwas einschüchterte, mochte ich ihren Humor vom ersten Moment an.

Ich betrat das Büro, dieses Mal eine knappe Stunde früher als am Tag zuvor. Nachdem ich den Kampf mit der Kaffeemaschine heute gewonnen hatte, ging ich mit einem triumphierenden Lächeln auf den Lippen in meine Nische, um voller Elan in den Arbeitstag zu starten.

Mit einem surrenden Geräusch erwachte mein Laptop zum Leben. So früh war es hier richtig angenehm. Diese Stille, bevor nachher all die anderen kamen, deren Namen ich mir heute hoffentlich besser merken konnte. Stevens wusste ich immerhin. Außerdem den von dem strengen Mr. Orsen und den von dem unangenehmen Trevor. Er hatte mich gestern behandelt als wäre ich die reinste Last, geradezu unter seiner Würde, sich mit mir abzugeben. So ein Kotzbrocken.

Ich konnte nur beten, dass ich im Alltag nicht allzu viel mit ihm zu tun hatte.

Genießerisch seufzte ich, nachdem ich einem Schluck meines Kaffees getrunken hatte. Dann war ich bereit, meine E-Mails zu checken und mir einen Überblick über die ersten News des Tages zu verschaffen.

»Erwischt.«

Fast wäre ich vor Schreck von meinem Stuhl gefallen. Hinter mir hatte sich eine Frau angeschlichen, die sich ziemlich über mein erschrockenes Gesicht amüsierte.

»Hi, ich bin Molly Milton. Du musst Kylie sein«, stellte sie fest.

Ich nickte, bis ich meine Stimme wiederfand.

»Hi, Molly. Schön, dich kennenzulernen«, brachte ich verunsichert hervor.

»Hey, ich tu dir nichts.« Sie legte ihren Kopf leicht schräg und betrachtete mich. »Oh je, war dein erster Tag so schlimm? Tut mir leid, dass ich krank war. Die Kollegen hier können manchmal echte Arschgeigen sein.«

Erschrocken sah ich sie an. Schalldicht war das hier schließlich nicht. Sorgte sie sich nicht, dass man sie hören konnte? Und hatte sie recht, was die Kollegen betraf?

»Nun schau nicht so schockiert. So früh ist normalerweise keiner hier. Die wenigen, die jetzt schon arbeiten, tun das von zu Hause aus.« Sie grinste. »Ich tu das sehr selten. Ich brauche Leute um mich, selbst wenn die meisten hier echt nerven.«

Mir war nicht klar, ob ich schockiert oder viel mehr fasziniert sein sollte. Molly nahm kein Blatt vor den Mund, das gefiel mir.

»Auf deinem Blog wirkst du taffer. Aber nun erzähl mal, wurde dir wirklich fast die Handtasche gestohlen?«

»Du liest meinem Blog?« Mir war nie die Idee gekommen, dass jemand von hier den Blog lesen könnte. So viel zu einem Neuanfang und einem guten ersten Eindruck.

»Irgendwie scheine ich dich nur zu erschrecken. Dabei bin ich die, die neue Praktikanten unter ihre Fittiche nimmt und vor den Holzköpfen hier bewahrt.«

»Dann hatte Trevor wohl einen wesentlich besseren Start als den, den er mir geboten hat.« Huch, hatte ich das etwa laut gesagt? Ein breites Grinsen breitete sich auf Mollys Gesicht aus.

»So, nach diesem Spruch bist du offiziell meine neue Lieblingskollegin.« Sie grinste. »Trevor ist ... sagen wir mal, speziell. Okay, er ist ein überheblicher Loser. Vergiss ihn einfach. Und natürlich lese ich deinen Blog. Ich musste ja schauen, wer da zu uns kommt.«

»Wie hast du den denn gefunden?« So groß und bekannt war mein Blog ja nicht.

»Unterschätze nie die Recherchefähigkeiten einer guten Journalistin. Die Betonung liegt hierbei auf gut. Nun erzähl mir mehr von dem Dieb, und besonders von dem sexy Retter.«

Molly war eine Wucht. Wenn man das erst mal verdaut hatte, war sie ein echtes Geschenk.

»Mr. Orsen wird wohl nicht so begeistert sein, das wir während der Arbeitszeit privat plaudern«, gab ich zu bedenken.

»Ah, eine löbliche Einstellung. Aber erstens muss er nichts davon erfahren, zweitens ist das kollegiale Miteinander sehr wichtig und drittens mache ich ja vielleicht eine Story daraus.«

»Eine Story? Hier werden vermutlich jede Sekunde Handtaschen gestohlen. Das ist keine Story. Oder willst du über das naive Mädchen vom Land schreiben?«

»Langsam taust du auf, gefällt mir. Da du ernsthaft Journalistin werden willst, gebe ich dir nun einen Rat. Lehne eine Story nicht ab, ohne alle Fakten zu kennen. Ich sag nur Recherche.«

Okay, das klang durchaus sinnvoll.

»Aber man kann doch nicht bei jeder Geschichte erst ewig recherchieren, um dann zu wissen, ob es sich lohnt oder nicht? Man muss eine Vorauswahl treffen.«

»Du bist ein schlaues Mädchen. Das Gespür dafür, welche Geschichte mehr Aufmerksamkeit verdient, wirst du sicher bald haben.« Sie schaute enttäuscht in ihre inzwischen leere Kaffeetasse und warf ihre wilde Lockenmähne zurück.

»Lass uns noch einen Kaffee holen. Dann gehen wir in den kleinen Besprechungsraum, neben dem Empfang links, und ich lasse die Begrüßungspräsentation laufen. Die hast du doch noch nicht gesehen, oder?«

»Nein.« Das hatte Trevor offenbar vergessen.

»Keine Sorge, da steht nur langweiliges Zeug drin. Aber so können wir noch ein bisschen quatschen und uns besser kennenlernen.«

Molly war meine Rettung. Mit ihr sah meine Zeit hier nicht so schwierig und hoffnungslos aus. Leider konnte sie jedoch die Mittagspause nicht mit mir verbringen, denn sie hatte ein Date.

Offenbar war das ihre heilige Date-Strategie: erste Dates nur in der Mittagspause. Ihre Argumente dafür waren, dass es so automatisch zeitlich begrenzt war, also musste man sich nicht ewig mit einem miesen Date aufhalten. Das ganze Aufbrezeln hielt sich in Grenzen, da man sich ja eh fürs Büro gestylt hatte. Und zu guter Letzt kam es nicht zum Sex beim ersten Date. Zumindest selten, hatte sie mit einem Zwinkern ergänzt.

Von Molly konnte ich offenbar nicht nur etwas über Journalismus lernen.

Als ich ihr von dem Vorfall mit meiner Handtasche erzählt hatte, konnte ich zu dem Dieb kaum etwas sagen. Er war so schnell weg gewesen. Molly schien sich aber auch viel mehr für Mr. Hoodie zu interessieren.

»Es ist ein Rätsel. Warum sollte er das tun? Sich mit einem Taschendieb anlegen, und das offenbar ohne Hintergedanken. Was war nur sein Motiv?«

»Muss er denn ein Motiv haben? Du klingst wie die Polizisten in Filmen.«

Molly grinste. »Ja, da ist was dran. Aber um auf deine Frage zurückzukommen: Ja, er braucht ein Motiv. Jeder hat etwas, das einen antreibt.«

»Vielleicht will er nur ein guter Mensch sein.«

Nun lachte Molly.

»Oh Kylie. Gute Menschen gibt es nicht. Wir wollen alle etwas. Geld, Macht, Vergebung … egal was.«

»Was ist deine Motivation?«

»Ich will mehrere Dinge, aber vor allem will ich Orsen auf die Nerven gehen und ganz viel sehr guten Sex haben.«

Fast hätte ich mich an meinem Kaffee verschluckt.

»Sex mit Orsen?«

»Nein, so gradlinig, wie der ist, macht das bestimmt keinen Spaß. Apropos Spaß: Ich muss nun Mittagspause machen. Danach kommst du einfach an meinen Platz, dann zeige ich dir, an welchen Storys ich gerade dran bin.« Und schon war sie weg.

Ich beendete die Präsentation und räumte unsere Sachen aus dem Besprechungsraum. Unschlüssig ging ich zu meinem Schreibtisch zurück. Sollte ich mir auch etwas zu essen holen, oder irgendetwas arbeiten? Andererseits – was konnte ich schon tun, was ich nicht bereits mit Molly erledigt hatte?

»Hi! Ich dachte schon, du wärst heute nicht mehr wiedergekommen.« Ich drehte mich um und entdeckte Steven in meiner Nische. Spontan lächelte ich ihn an.

»So schnell gebe ich nicht auf.«

»Schön zu hören. Dann ist Molly heute wieder da?«

»Ja, ich habe den Vormittag mit ihr und der Begrüßungspräsentation verbracht.«

»Ich hoffe, Molly hat dich nicht verschreckt.«

Was wollte er damit andeuten? Mochte er sie etwa nicht? Im Vergleich zu allen anderen hier, Steven ausgenommen, behandelte sie mich wie einen Menschen. Außerdem war sie faszinierend. Sie musste etwas über 30 Jahre alt sein, sie sah wunderschön aus, strahlte von innen, und ich war unglaublich froh, dass es sie gab. Wenn es wie gestern weitergegangen wäre … Ach, ich wollte nicht einmal darüber nachdenken.

»Molly ist cool.«

Steven schaute mich skeptisch an, beschloss dann jedoch, das Thema zu wechseln. Hatte er etwa ein ernstes Problem mit Molly? War sie ihm zu direkt? Egal, das ging mich im Grunde nichts an.

»Hast du Lust, die Mittagspause mit mir zu verbringen?«, fragte Steven und lächelte mich gewinnend an.

Er war ein netter Kerl, sicher war er Schwiegermamas Liebling. Sofern er denn liiert war.

Da ich nichts Besseres zu tun hatte, willigte ich ein.

Steven führte mich zu einem kleinen italienischen Lokal einen halben Block weiter. Ein Blick in die Karte verriet mir, dass ich mir eine solche Mittagspause nicht allzu oft leisten konnte. Aber nun war ich schon mal da, also bestellte ich mir einen Salat.

»Die Ravioli sind hier der Hammer«, bemerkte Steven.

»Das ist mir mittags zu schwer. Da muss ich wohl mal abends hier vorbeikommen.«

»Ah, lädst du mich auf ein Date ein?«, fragte Steven mit funkelnden Augen.

Vor Schreck hätte ich mich fast an meinem Wasser verschluckt.

»Nein, natürlich nicht.« So war das nicht gemeint gewesen. Sah ich da etwa Enttäuschung in seiner Miene? Nein, das war unmöglich.

»Also, äh, ich wollte nicht …«, stammelte ich.

»Keine Sorge, Kylie. Ich versteh das schon.« Sein Zwinkern ließ mich an seinen Worten zweifeln. Aber andererseits …

Allein der Gedanke, Steven könnte an mir interessiert sein, war absurd.

Also entspannte ich mich und genoss das Essen, denn es schmeckte wirklich hervorragend. Besonders nach dem Fast Food der letzten Tage.

Steven und ich plauderten zum Glück ganz entspannt weiter. Als er mitbekam, dass ich in Queens wohnte und den Rockaway Beach bisher nicht gesehen hatte, war er nicht mehr zu bremsen.

Er bestand darauf, ihn mir zu zeigen. Am besten gleich heute Abend.

Da es am Abend jedoch fürchterlich regnete, fiel das im wahrsten Sinne des Wortes ins Wasser.

Als ich nach Feierabend im Regen zur Subway rannte, sehnte ich mich fast nach dem Auto, mit dem Steven mich nach Queens gebracht hätte.

Zu Hause angekommen, zog ich die nassen Klamotten aus und kuschelte mich im Schlafanzug in eine Decke. Meine Wohnung hatte ich inzwischen mit Hilfe von Deko ein bisschen gemütlicher gemacht. Rundum zufrieden kümmerte ich mich um meinen Blog und die Social-Media-Seiten, telefonierte mit Lucy und mit meiner Mom. Den Rest des Abends verbrachte ich mit Lesen.

Die nächsten Tage verliefen ähnlich entspannt. Ich verbrachte den Großteil meiner Arbeitszeit mit Molly und staunte über die Auswahl an Storys, an denen sie aktuell arbeitete. Manche beschäftigten sie nur wenige Stunden, an anderen war sie seit Wochen dran. Die Kollegen, die Onlineberichte schrieben, hatten oft wesentlich weniger Zeit. Ständig mussten neue Meldungen her, um die Leser bei Laune zu halten.

Molly ließ mich alte Berichte von sich und ausgewählten Kollegen lesen, um ein Gefühl für den Schreibstil der

Redaktion zu bekommen. Jede Zeitung hatte einen eigenen Stil. Wichtig war es jedoch trotzdem, auch seinen ganz eigenen Stil zu entwickeln, versicherte sie mir.

Molly ließ mich sogar schon erste Recherchen übernehmen und impfte mir ein, dass der Wahrheitsgehalt immer mehrfach geprüft werden musste, ganz besonders, wenn die Quelle Blogs oder Social-Media-Seiten waren. Jeder konnte alles ins Netz stellen, daher war es wichtig, dass man die Informationen verifizierte. Als hätte ich das nicht schon vor Jahren leidvoll erfahren müssen. Den Gedanken an Marco verdrängte ich schnell.

Am Donnerstag gingen Molly und ich nach Feierabend noch etwas trinken. Ich war beeindruckt von ihrer selbstsicheren Art. Allein, wie sie sich an der Theke durchsetzen konnte, um nicht zurückgedrängt zu werden, als sie uns neue Getränke besorgte. Oder auch, wenn irgendwelche Typen sie anmachten. Die meisten ließ sie souverän abblitzen.

Genauso wollte ich sein. Ich wusste, ich konnte mich schon manchmal durchsetzen. So hilflos war ich gar nicht. Aber trotzdem konnte ich von ihr noch einiges lernen.

»Hi Kylie, bist du allein hier?«, sprach mich Steven von der Seite an. Überrascht sah ich auf. Er war auch hier? Ich hatte ihn bisher gar nicht bemerkt. Bevor ich antworten konnte, kam Molly zurück an den Tisch.

»Steven, was tust du hier? Belästigst du unsere Kylie?«

Steven sah Molly genervt an. Offenbar lag tatsächlich ein Konflikt in der Luft, von dem ich nichts wusste. Noch nicht. Da es sich neulich bereits so angehört hatte, als wäre Steven nicht gut auf Molly zu sprechen, beobachtete ich die beiden zusammen voller Neugierde.

»Kylie fühlt sich nicht belästigt. Ganz im Gegenteil. Stimmt es, Kylie?«

Na super, so schnell geriet man zwischen die Fronten.

»Was ist da zwischen euch?«, fragte ich, um nicht antworten zu müssen. Keine gute Idee, denn nun sahen mich beide an. Sie schienen nicht amüsiert zu sein.

Molly fing sich als Erste wieder.

»Du weißt doch, was ich von den Langweilern im Büro halte«, sagte sie ungewohnt lahm.

Steven schnaubte nur missbilligend, wandte sich dann an mich.

»Wie wäre es, wenn wir unser Treffen am Samstagvormittag nachholen, Kylie?«

»Okay.« Ich vermied es, Molly anzusehen. Es reichte, dass ich ihren Blick unangenehm intensiv auf mir spürte.

»Super, dann hol ich dich ab.«

»Das ist nicht nötig. Wir treffen uns dort. Molly, magst du auch mitkommen? Steven möchte mir den Rockaway Beach zeigen.«

Nun stürzte Steven zwar das Gesicht ab, aber ich war trotzdem zufrieden. So konnte ich einerseits verhindern, dass sich Molly hintergangen fühlte, und zugleich konnte ich ein Signal in Stevens Richtung senden, das er hoffentlich verstand. Ich hatte nichts gegen neue Freunde einzuwenden, ganz im Gegenteil. Aber mehr konnte ich mir aktuell nicht vorstellen.

MY RIDICULOUS NORMAL LIFE
Plauder-Blog von Kylie Roberts

Hi, Ihr Lieben,

heute Morgen bin ich früh dran, habe jedoch, wie die ganze Woche über, auch jetzt nicht viel Neues zu erzählen. Zum Glück kann ich euch aber noch ein paar weitere Bilder von Manhattan beifügen, damit es nicht so langweilig wird.

Heute treffe ich mich mit Kollegen am Rockaway Beach. Bin schon gespannt darauf. Wenn es klappt, schreibe ich Euch nachher nochmal, wie es dort war.

Bis dahin genießt den Samstag.

Eure Kylie xx

7

Kylie

Ausgerechnet heute war ich beim Morgengrauen aufgewacht. Viel zu früh für meinen Geschmack. Vor allem für einen Samstag, einen arbeitsfreien Tag. Da ich gestern Abend völlig erschöpft viel zu früh eingeschlafen war, wunderte es mich allerdings nicht. Nach einer Weile gab ich es auf, noch einmal einschlafen zu wollen.

Die Aufregung, in dieser Stadt zu sein und mich in kleinen Schritten meinem Ziel zu nähern, war wunderbar, aber durch den neuen Input war ich auch ganz schön erledigt.

Unter der Dusche beschloss ich, bereits jetzt zum Rockaway Beach aufzubrechen. Unterwegs würde ich mir etwas zum Frühstücken besorgen und einen Kaffee, in Größe XXL. Im Anschluss würde ich ein paar Fotos für meinen Blog machen und mich dann mit einem Buch an den Strand legen, bis Molly und Steven auftauchten.

Natürlich hatte Molly meine Einladung angenommen. Ob sie es getan hatte, weil sie der Meinung war, auf mich aufpassen zu müssen oder wegen dem, was auch immer zwischen ihr und Steven vorgefallen war, wusste ich nicht. Meine Nachfragen hatte sie dezent umgangen, und ich hatte sie nicht löchern wollen. So gut kannten wir uns schließlich noch nicht.

Voll bepackt mit meinem aktuellen Roman, einer Strandmatte und meinem üblichen Kram machte ich mich Richtung Strand auf. Queens war echt riesig, aber es war bei weitem nicht so spektakulär wie Manhattan. Es gab tatsächlich auch Einfamilienhäuser. Hier zu wohnen war nicht nur günstiger, sondern auch angenehmer für mich. Auch so war schon alles größer und voller als zu Hause. Hier in Queens zu wohnen war toll, ich liebte es. Zwar hatte ich nicht unbedingt den besten Start gehabt, aber inzwischen hatte keiner mehr versucht, mir etwas zu stehlen. Und auf der Arbeit war es dank Molly und Steven deutlich angenehmer gewesen. Trevor nervte mich immer mal wieder mit seiner arroganten Art, und die anderen ignorierten mich noch weitestgehend. Bei Mr. Orsen war mir das sogar recht, anscheinend war er immer miesepetrig.

Seine Prophezeiung, dass ich nur Kaffee kochen und das Essen holen dürfte, hatte sich zum Glück nicht bewahrheitet.

Molly hatte sich meiner angenommen und gab mir immer wieder Aufgaben, die ich allein ausführen konnte und bei denen ich zudem eine Menge lernte. Also lebte ich meinen Traum in gewisser Weise schon. Ich hätte kaum glücklicher sein können, auch wenn nicht alles einfach war. Die Herausforderungen mochte ich, so konnte ich am meisten lernen.

Den Weg zum Strand hatte ich fast auf Anhieb gefunden. Ich war erstaunt, wie nahe er an meinem Apartment lag. Hier würde ich sicher öfter herkommen.

Zu dieser frühen Morgenstunde waren noch nicht viele Leute da. Nachdem ich einen guten Platz ausgesucht hatte, machte ich es mir dort gemütlich. Unterwegs hatte mich mir einen Bagel und einen Café Latte gekauft, mein Buch musste also noch etwas warten. Ich nutzte die Zeit, um mich genauer umzusehen.

Erstaunt sah ich, dass ein paar Surfer im Wasser waren. Surfer in New York, verrückt. Diese Stadt hatte wohl echt alles zu bieten. Der Strand war unerwartet schön. Ich zog meine

Schuhe aus und steckte meine Zehen in den noch kühlen Sand. Ich genoss das Gefühl des kühlen Windes auf meiner Haut und schaute hinaus auf das Meer. Sicher war hier nachher einiges los.

Jetzt verstand ich auch, weshalb sich Steven schon morgens hier mit mir treffen wollte. Noch war ich mir nicht restlos sicher, ob er doch auf ein Date gehofft hatte. Auf der einen Seite war das absurd, aber auf der anderen musste ich immer wieder an seinen enttäuschten Gesichtsausdruck denken, als ich Molly mit eingeladen hatte.

Ein paar Surfer unterhielten sich lachend am Strand. Sie schienen trotz der frühen Stunde schon gut drauf zu sein. Sie waren alle braungebrannt und muskulös. Die klassischen Sunny-Surfer-Boys eben. Ich nahm einen Schluck meines Kaffees und beobachtete die Gruppe. Noch fühlte ich mich hier nicht zuhause, das lag vermutlich auch daran, dass ich nach der Arbeit noch nicht groß unterwegs gewesen war, um mein Viertel weiter zu erkunden. Heute war ein guter Tag, damit anzufangen.

Ein Surfer verabschiedete sich lachend von der Gruppe und ging auf das Wasser zu. Sein dunkles langes Haar hatte er zu einem Männerdutt gebunden. Sein Körper war der eines waschechten Surfers. Nach ein paar Metern blieb er stehen und sah auf die Wellen hinaus. Als er seinen Blick schweifen ließ, sah ich sein Profil und erstarrte. War das …? Nein, das war unmöglich. Bevor ich wusste, was ich tat, war ich aufgestanden und ging auf ihn zu. Mit jedem Schritt, mit dem ich mich ihm näherte, war ich mir sicherer. Er war es. Mr. Hoodie.

Was tat ich hier eigentlich? Ich kannte ihn gar nicht. Auch wenn ich jeden Tag seit unserer Begegnung an ihn gedacht hatte – er würde sich sicher nicht mehr an mich erinnern. Und was wollte ich ihm denn sagen? All diese Gedanken liefen ins

Leere, denn meine Beine bewegten sich einfach weiter auf ihn zu. Als wäre ich magnetisch.

Gleich würde er mich bemerken.

»Du?« Erkennen und Fassungslosigkeit breiteten sich auf seinem Gesicht aus.

»Hi«, begrüßte ich ihn. Mehr fiel mir nicht ein. Er war es wirklich, und er hatte mich erkannt. Sein Blick hatte immer noch diese Wärme. Nun, in diesem Licht und ohne seinen Hoodie, konnte ich ihn genau betrachten. Die hohen Wangenknochen gaben seinem Gesicht eine feine Note, trotzdem wirkte er absolut maskulin.

»Was willst du hier?«, fragte er schroff.

Seite barsche Art hatte ich fast vergessen. Gerade hatte er noch so entspannt mit den anderen Surfern gelacht. Nun wirkte er wie versteinert. Dieser Mann war ein Rätsel.

Neulich in der Gasse hatte er richtig düster gewirkt, und nun stand er hier und sah kaum anders aus als die übrigen Surferboys. Was hatte es mit diesem Kerl nur auf sich?

»Willst du mich nur weiter anstarren, oder was?«

»Oh, sorry. Ich war nur … äh, in Gedanken.«

»Das habe ich gesehen.« Das erste Mal kam ich in den Genuss seines Lächelns, und wow – es war ein 1000-Watt-Lächeln. Der Kontrast zu dem dunklen Kerl aus meiner Erinnerung wurde noch größer. Meine Neugierde überwand daher mühelos die Peinlichkeit der Situation und auch meine sonst eher zurückhaltende Art.

»Neulich hatte ich keine Gelegenheit, dir richtig zu danken. Es war sehr lieb von dir, meine Tasche zurückzubringen.«

»Lieb?«

»Ja«, bestätigte ich.

»Das ist nicht das Wort, das man normalerweise verwendet, um mich zu beschreiben.« Sein Ton war nun wieder abweisend und fast schon spöttisch.

»Das mag sein, trotzdem würde ich dich zum Dank gerne auf einen Kaffee einladen.«

Überrascht hoben sich seine Augenbrauen. Sofort verschloss sich sein Gesicht wieder.

»Das ist ja ganz nett von dir, aber wirklich nicht notwendig.«

»Ich bestehe darauf.« Wo kamen nur diese Worte her, die da aus meinem Mund purzelten?

»Kleine, du hast keine Ahnung von dieser Welt. Halt dich von mir fern.«

Mich von ihm fernhalten? Er tat gerade so, als ob ich ihm nachlaufen und ihn stalken würde oder so.

»Erstens heiße ich nicht ›Kleine‹, sondern Kylie. Und zweitens wollte ich dir nur einen Kaffee ausgeben und nicht um deine Hand anhalten. Komm runter.«

Nun grinste er. Seine Augen funkelten belustigt. Amüsierte ich ihn etwa?

»Also, ›Kleine‹, die eigentlich Kylie heißt. So entzückend du auch bist, wenn du dich ärgerst. Es bleibt bei einem Nein.«

Mit diesen Worten nahm er sein Surfbrett, ließ mich stehen und ging weiter auf das Wasser zu. Ich fühlte mich, als ob mir jemand einen Eimer kaltes Wasser über den Kopf geschüttet hätte.

Unerwartet drehte er sich noch mal um.

»Kylie, es ist gefährlich, mich zu kennen. Also halte dich von mir fern.«

Gefährlich? Was sollte das nun wieder?

»Kommst du mir jetzt mit irgendwelchen Vampirgeschichten?« Immerhin glitzerte er nicht in der Sonne.

Er sah mich an, als hätte ich den Verstand verloren.

»Wie heißt du eigentlich?«

Zögernd sah er mich an. Er schien zu überlegen, ob er mir antworten sollte.

»Dylan. Ich heiße Dylan.« Mit diesen Worten ging er endgültig ins Wasser, um kurz darauf paddelnd auf dem Surfbrett zu sitzen und auf die nächste Welle zu warten. Bisher hatten es mir weder Bad Boys noch Surfer besonders angetan, aber dieser Kerl ... Puh. Er ließ mein Herz schneller schlagen. Dylan. Ein guter Name.

Eine Weile stand ich wie gebannt da und schaute, wie er gekonnt eine Welle nach der anderen nahm.

MY RIDICULOUS NORMAL LIFE

Plauder-Blog von Kylie Roberts

Hi, Ihr Lieben,

wie versprochen schicke ich Euch ein paar Bilder vom Rockaway Beach. Wie Ihr seht, ist es dort richtig schön. Einen Besuch kann ich Euch nur empfehlen, und weil ich weiß, dass diese Frage sicher einige von Euch stellen werden:

Ja, es gibt dort heiße Jungs. Sogar waschechte Surfer. Es dauert bestimmt nicht lange, bis ich wieder dort sein werde. Ich liebe das Meer jetzt schon.

Macht es gut und genießt den Tag.

Bis bald

Eure Kylie xx

8

Dylan

Es war wie verhext. Da schaffte ich es endlich mal wieder zum Strand, um zu surfen, denn das war das einzige, was mir half, abzuschalten. Wenn ich auf meinem Board stand, war ich ganz bei mir. Der Wind, das salzige Wasser und ein Gefühl grenzenloser Freiheit. Das war eines der wenigen Dinge, die mich noch mit meinem alten Leben verbanden. Damals hatte ich fast jede Gelegenheit genutzt, um überall auf der Welt zu surfen. Die angesagtesten Strände, die größten Wellen und die heißesten Mädels. So war mein Leben gewesen, wann immer meine Kumpels und ich Lust dazu hatten.

Die heißesten Mädels … momentan geisterte mir nur ein Mädel durch den Kopf. Kylie. Was für ein verfluchter Zufall, sie hier zu sehen.

Ach, wem machte ich etwas vor? In den letzten Tagen war ich häufig in Queens durch die Straßen gestreift. Erst hatte ich mir selbst erklärt, ich müsste aufpassen, dass sich so eine Aktion wie die mit Shawn neulich nicht wiederholt. Aber mir war klar, dass ich nicht immer überall sein konnte. Tief in mir drin wusste ich, dass ich einfach gehofft hatte, sie wiederzusehen. Weshalb, konnte ich mir selbst nicht erklären. Wie ein Magnet hatte es mich immer wieder in diesen Stadtteil gezogen. Und ausgerechnet heute, wo ich meinem Leben trotzte und mich heimlich zum Strand geschlichen hatte, ausgerechnet da war sie aufgetaucht. Aus dem Nichts stand sie plötzlich vor mir, wie eine Erscheinung. Ihr blondes Haar hatte in der Sonne geglänzt, ihre Lippen hatte sie so verführerisch verzogen, als sie sauer wurde. Am liebsten hätte ich daran geknabbert. Die Kleine hat ganz schön Feuer.

Trotzdem war es ein echt schlechter Zeitpunkt gewesen. Bisher hatte niemand aus der Gang mitbekommen, was ich nebenbei so trieb. Ich konnte es nicht gebrauchen, dass sie mir auch noch diese letzte Rückzugsmöglichkeit nahmen. Sie hatte mich in meinen beiden Welten gesehen. Licht und Schatten.

Sie konnte kein Teil davon sein. Das alte Leben war nur Lug und Trug und, das neue war zu gefährlich. Vielleicht, wenn ich es schaffte, frei zu sein … Aber wann wäre ich mir je sicher genug, dass es tatsächlich vorbei wäre? Selbst wenn ich es schaffte, konnte Ty auch später immer noch Wege finden. Würde ich jemals wirklich frei sein, auch in meinen Gedanken?

Ich blieb noch eine ganze Weile am Strand, dachte nach und beobachtete dieses Mädel. Wie ein kranker Psycho. Sie beachtete mich gar nicht weiter. Okay, vielleicht sah sie mich auch einfach nicht. Zu angeregt unterhielt sie sich mit ihren Freunden. Der Typ schien es auf sie abgesehen zu haben. Mochte sie solche Typen? Wetten, der trug sonst immer Anzug und gelte sich die Haare. Schlecht gelaunt bestellte ich mir noch ein Bier in dieser kleinen Strandbar.

Ich sollte nichts mehr trinken, ich brauchte die volle Kontrolle.

Ich sollte längst wieder zurück in der Bronx sein.

Ich sollte sie nicht beobachten.

Sie war tabu für mich. Um mich nicht als völliger Versager zu fühlen beschloss ich, in Vitos Werkstatt zu fahren. Das würde mich auf andere Gedanken bringen. Bestimmt gab es etwas, das ich abschleifen oder zersägen konnte. Der Lärm eines der vielen Geräte würde die unerwünschten Gedanken übertönen.

Vito, der Freund meiner Tante, war Schreiner. Meist ging er mir auf die Nerven, aber er hatte mir im Laufe der Zeit einiges beigebracht. Gerade am Anfang, als ich frisch in New York war und es so ganz anderes war als das New York, das ich bis dahin kennengelernt hatte, gab er mir eine Aufgabe. Es hatte mich maßlos genervt, dass er mich gezwungen hatte, ihm in der Werkstatt zur Hand zu gehen. Am liebsten wäre ich einfach im Bett liegen geblieben und hätte die Welt verflucht, weil all das so ungerecht war. Wie ein kleines, verwöhntes Kind.

Angewidert zwang ich meine Gedanken zurück in die Gegenwart. Inzwischen liebte ich es, durch die Straßen zu ziehen, um kleine Schätze zu finden, die ich in die Werkstatt bringen konnte. Vito hatte mir gezeigt, worauf man bei alten Möbeln achten musste. Er hatte mir gezeigt, woran ich erkennen konnte, ob es nur noch Müll war, oder ob sich eine Restauration lohnen würde.

Oft gab es nur diesen Billigschrott, aber manchmal hatte man Glück. Echtes Holz fühlte sich warm an, besonders, wenn es abgeschliffen war und keine Farbe, kein Lack mehr daran war. Es hatte eine wunderbare Haptik. Auch den Geruch von Holz, vermischt mit den verschiedenen Ölen und Lacken, mochte ich gerne. Die Werkstatt war getränkt davon. Vito spielte heute Karten, den ganzen Tag, somit hatte ich die Werkstatt für mich allein. Und genau das brauchte ich jetzt. Also machte ich mich auf den Weg.

9

Kylie

»Hier bist du.«

Ich erschrak. Neben mir war unerwartet Steven aufgetaucht. Und Molly.

»Ja, hier ist sie. Nicht zu übersehen.« Sie grinste mich an. »Wer ist der Hottie, den du so anstarrst?«

Ertappt. Hm, aber ich hatte Dylan nicht angestarrt. Höchstens beim Surfen beobachtet. Er war richtig gut, soweit ich das einschätzen konnte. Und er sah echt gut aus. Diese warmen Augen, die vollen Lippen. Er könnte problemlos als Model arbeiten, besonders mit diesem Körper. Dieser Kerl machte mich neugierig. Um meine Verlegenheit zu überspielen, tat ich das einzige, was bei Molly half: abstreiten.

»Ich weiß nicht, von wem du sprichst.«

»Wirklich nicht?«, zog sie mich auf.

Ich schüttelte bestimmt den Kopf.

»Na, von dem heißen Kerl, mit dem du dich gerade noch so angeregt unterhalten hast.« Ihr Grinsen hatte nun epische Ausmaße erreicht.

Mist, sie hatten mich gesehen.

»Du solltest nicht einfach so mit Fremden sprechen. Es gibt einige zwielichtige Kerle hier, die nicht unbedingt die besten Absichten haben«, riet mir Steven.

»Ach, damit kennst du dich aus?« Molly schaute ihn abschätzig an. Auch wenn es in gewisser Weise unterhaltsam war, wie die beiden sich anzickten, konnte ich damit wohl am besten von mir ablenken.

»Okay, ihr beide hattet mal was miteinander, schon klar. Aber warum könnt ihr das nicht wie Erwachsene sehen und normal miteinander umgehen?«

Steven lief rot an, während Molly erstarrte.

Dann lachte sie aus vollem Halse und gab mir einen High Five.

»Gute Beobachtungsgabe und Kombinationsfähigkeit. Aus dir wird mal eine hervorragende Journalistin, Kleine.«

Steven entschuldigte sich. Er wollte uns einen Kaffee holen.

Molly sah mich beeindruckt an, aber mir entging das Funkeln in ihren Augen nicht. Offenbar war ich noch nicht vom Haken.

»Also, erzähl mal. Wer ist der Kerl? Auf mich wirkst du eher zurückhaltend, aber nun hast du innerhalb von wenigen Tagen zwei heiße Typen kennengelernt. Wie stellst du das an?«

»So ist das nicht.«

»So sieht das aber aus, und Steven hat auch ein Auge auf dich geworfen. Also sind es sogar drei Typen, wenn auch nur zwei heiße.« Sie zwinkerte mir zu.

»Nein. Da ist nichts, keiner von den beiden hat auf diese Art Interesse an mir.«

»Von den beiden?« Sie zog eine Augenbraue fragend nach oben.

»Das eben, das war Mr. Hoodie«, erklärte ich mit einem Nicken zu dem sexy Surfer auf dem Wasser.

Überrascht sah sie mich an.

»Das ist der Kerl, der deine Handtasche zurückgebracht hat?«

Wieder nickte ich.

»Wow, wart ihr hier verabredet?«

»Nein.«

»Habt ihr die Nacht zusammen verbracht?«

Entsetzt sah ich sie an. »Natürlich nicht.«

»Ach Süße, stell dich nicht so an. Du bist doch keine Jungfrau mehr, oder?«

»Nein, aber … Egal. Ich habe ihn hier zufällig gesehen. Ich war mindestens genauso überrascht wie du.«

»Okay, wir setzen uns und du erzählst mir alles ganz genau. Nein. Schau nicht so. Keine Widerrede.«

Ich gab mich geschlagen. Das war sicher ein gutes Training für mein tägliches Telefonat mit Lucy, das noch ausstand. Lucy würde sofort wissen, dass es etwas Neues zu erzählen gab. Außerdem konnte ich so das Bild geraderücken, das Molly sich offenbar von mir und meiner angeblichen Beliebtheit bei heißen Kerlen zusammengesponnen hatte.

Ich warf einen Blick zurück zum Wasser. Zurück zu Dylan. Denn der Widerspruch zwischen diesem versierten Surfer, der sinnbildlich für die Leichtigkeit des Lebens stand, und dem düsteren Kerl, der mich angeknurrt hatte, dass ich besser auf meinen Kram aufpassen sollte, ließ mich nicht los.

Ich seufzte, was mir einen merkwürdigen Seitenblick von Molly einbrachte.

Aber es hieß nun mal, man würde sich immer zweimal im Leben sehen. Tja, das war es dann wohl. Und selbst wenn nicht, es gab keinen Grund mehr, ihn anzusprechen. Er war sehr deutlich gewesen: Ich sollte mich von ihm fernhalten. Dennoch musste ich sagen, dass es mich reizte, mehr über ihn zu erfahren. Natürlich würde ich das vor Molly niemals zugeben.

Sie löcherte mich, bis Steven mit den Getränken zurückkam, was zum Glück nicht sehr lange dauerte.

Erst war es seltsam, aber schlussendlich gaben sich die beiden Mühe. Wir unterhielten uns über die Arbeit. Es war interessant zu sehen, wie die jeweiligen Karrieren bisher verlaufen waren.

»Wusstest du, dass Molly erst beim Fernsehen gearbeitet hat?« Steven fragte das so scheinheilig, als wäre es ein großes Geheimnis. Ich schüttelte den Kopf, um nichts Falsches zu sagen.

»Oh, Steven, das musst du Kylie natürlich unter die Nase reiben.« Molly verhielt sich merkwürdig. War es ihr etwa peinlich?

»Was genau ist das Problem dabei?« Ich hatte früh gelernt, offene Fragen zu stellen, um mein Gegenüber zu animieren, mehr zu erzählen.

»Bilder sagen mehr als tausend Worte. Schau es dir selbst an.«

Er hielt mir sein Smartphone hin, damit ich einen Ausschnitt aus einer alten Sendung von Molly ansehen konnte. Es musste Jahre her sein. Die Molly auf dem Bildschirm wirkte jünger, ihr Gesicht war runder, noch nicht so erwachsen und feminin wie jetzt. Sie wirkte eher niedlich als attraktiv und das trotz des unglaublich kurzen Rockes, den sie trug. An ihrer engen Bluse war mindestens ein Knopf zu viel geöffnet. Offenbar berichtete sie von der Eröffnung eines Supermarktes. Während sie versuchte, den Filialleiter zu interviewen, wurde sie immer wieder von einem alternden Countrysänger angebaggert. Nun wusste ich, weshalb Molly nicht gerne darüber sprach.

»Mach das aus. Ihr habt genug gesehen.«

»Du sahst gut aus, aber die längeren Haare stehen dir besser.«

»Danke, Süße. Ich weiß, das waren nicht meine besten Zeiten.« Offenbar war ihr das sehr peinlich.

»Aber es hat auch nicht verhindert, dass du eine gute, engagierte und kluge Journalistin geworden bist.« Damit überraschte Steven uns beide.

Molly sah ihn an, als würde sie ihn zum ersten Mal sehen. Es war eindeutig, wie verwundert sie über Stevens Worte war.

»Danke.« Sie hauchte dieses Wort nur. Offenbar verband die beiden doch mehr als nur eine gemeinsame Nacht und die stetigen Streitigkeiten.

Steven räusperte sich und schlug dann vor, ein wenig am Strand spazieren zu gehen. Ich sammelte mein Zeug ein und schloss mich den beiden an. Molly war immer noch erstaunlich ruhig. Als würde sie immer noch rätseln, was Stevens Kompliment zu bedeuten hatte. Ich ließ mich etwas zurückfallen und schaute mich wieder am Strand um. Das Meer war unglaublich schön. Das Rauschen der Wellen, die Luft, selbst das Stimmengewirr war hier anders.

Dann sah ich Dylan, und mein Herzschlag beschleunigte sich. Die ganze Zeit über hatte ich vermieden, nachzusehen, ob er noch hier war. Nun sah ich ihn, wie er über den Strand Richtung Straße lief.

Am liebsten wäre ich ihm gefolgt, um mehr über ihn zu erfahren. Vermutlich würde ich ihn nie mehr wiedersehen.

»Kylie, kommst du?« Erschrocken fuhr ich herum. Molly und Steven waren ein ganzes Stück entfernt und sahen mich an. Verdutzt stellte ich fest, dass ich stehengeblieben war.

»Ich komme«, beeilte ich mich zu sagen und rannte zu ihnen hinüber.

Die Sonne war nach einiger Zeit wieder richtig heiß. Hier am Strand war das aber wesentlich besser zu ertragen als in Manhattan. Wir wollten uns gerade eine Abkühlung gönnen, als Stevens Handy klingelte. Er entschuldigte sich und wandte sich ab. Molly sah ihm nach, ihren Gesichtsausdruck konnte ich nicht deuten. Sah sie besorgt aus? Oder schuldbewusst?

Bevor ich nachhaken konnte, hatte Steven das Gespräch beendet und informierte uns, dass er leider jetzt gehen müsse.

Nachdem er weg war, beschlossen Molly und ich, dass wir noch ein bisschen bleiben würden, um uns zu sonnen. Unsere Bikinis trugen wir beide unter der Kleidung. Immer noch war sie ungewohnt still. Ich zügelte meine Neugierde, zumindest für den Moment, und holte stattdessen mein Buch heraus. Molly war nach wenigen Minuten eingedöst. Die Geschichte, die ich gerade las, fesselte mich so sehr, dass ich die Außenwelt kaum noch wahrnahm. Verdutzt schaute ich auf, als ein Schatten auf mich fiel.

»Okay, ich nehme deine Einladung an. Aber nur einen Kaffee.«

10

Kylie

»Dylan?« Überrascht sprach ich das Offensichtliche aus. Natürlich war er es. Mein Herzschlag beschleunigte sich.

Neben mir wachte Molly aus ihrem Nickerchen auf. Im Gegensatz zu mir beherrschte sie die Kunst des Powernappings wohl perfekt. Sie wirkte nicht zerknautscht und desorientiert. Sie war gleich voll da.

»Oh, hi. Wen haben wir denn da?« Molly setzte sich neugierig auf.

Dylan lächelte sie charmant an.

»Wie Kylie schon sagte, ich bin Dylan.« Er reichte ihr die Hand.

»Ich bin Molly. Was verschafft uns die Ehre?«

Mein Gehirn hatte auf Standby geschaltet. Warum war Dylan zurück? Warum gab er Molly die Hand, aber mir nicht? Moment – hatte er gesagt, er wollte mit mir Kaffee trinken gehen?

»Ich bin hier, um Kylie auf einen Kaffee zu entführen.« Dylan lächelte immer noch. Warum war er auf einmal so nett?

»Wenn sie das möchte …«, gab Molly mindestens genauso charmant lächelnd zurück. Moment mal! Flirteten die beiden?

Molly stupste mich an. »Kylie?«

»Oh äh, ja. Klar.« Dylan hielt mir eine Hand hin, um mir beim Aufstehen zu helfen.

»Jetzt gleich?«

»Ja, oder störe ich dich gerade bei etwas Wichtigem?«
Überfordert sah ich Molly an.

»Nun geht schon, ich komme allein klar. Wir telefonieren
später, okay, Süße?« Meine Kollegin war offenbar begeistert
von der Idee, während ich völlig überrumpelt war. Dennoch
nickte ich Molly zu und zog mir schnell meine Klamotten über.

Schweigend und mit schnell klopfendem Herzen ging ich
mit Dylan los.

»Was hat deine Meinung geändert?«, fragte ich nach ein
paar Minuten. Diese Frage ließ mich einfach nicht los.

»Ich habe meine Meinung nicht geändert.«

»Doch. Du sagtest, du seist gefährlich und du würdest
keinen Kaffee mit mir trinken«, beharrte ich.

»Fast.« Es wirkte nicht so, als wollte Dylan das genauer
erklären. Ich hatte keine Lust, mich von ihm veralbern zu
lassen. Ungeduldig blieb ich stehen und sah ihn auffordernd
an.

»Okay, in einem Punkt hast du recht. Ich sagte, ich wollte
keinen Kaffee mit dir trinken. Aber ich sagte nicht, ich sei
gefährlich, sondern es sei gefährlich, mich zu kennen.«

»Wirst du mir das näher erklären?«

»Nein.«

Verdammt. Ich sollte ihn einfach stehen lassen. Wo war nur
meine Entschlossenheit hin? Ich musste nicht einmal länger
darüber nachdenken, ob ich das akzeptieren sollte. Ich tat es
einfach. Zu groß war meine Neugierde. Er wirkte so rätselhaft.
Ich wollte mehr über ihn erfahren. Genau genommen alles.
Also setzte ich mich wieder in Bewegung. Ich versicherte mir,
dass ich später immer noch gehen konnte, wenn er sich weiter
so zugeknöpft verhielt. Alles zu seiner Zeit.

Wenn man mich mit Fragen bestürmte, machte ich zu,
daher ließ ich ihm nun Luft, in der Hoffnung, er würde sich
mir nach und nach öffnen.

Dylan führte mich weg vom Strand in ein kleines Café, in dem es eine gigantische Auswahl an lecker aussehendem Kuchen gab. Ein Traum.

Nachdem wir bestellt hatten und in einer ruhigen Ecke saßen, betrachtete Dylan mich schweigend. Ich mochte es nicht, so gemustert zu werden. Ich fürchtete, dass Dylan etwas an mir entdeckte, was ihn abschreckte. Es war so unerwartet, hier mit ihm zu sitzen. Ich wollte es nicht vermasseln.

»Entspann dich, Kylie. Ich tu dir nichts.«

»Okay, dann tu ich dir auch nichts«, antwortete ich viel lässiger, als mir zumute war.

Dylan lachte, so spontan und offen, dass er für einen Moment fast schwerelos wirkte. Natürlich schwebte er nicht, aber es war, als würde alle Last von ihm fallen. Was das nur für eine Last war, die er trug?

»Das ist gut zu wissen. Wie lange bist du schon in New York?«

Offenbar sah man mir sofort an, dass ich ein Landei war. Mist.

»Was verrät mich?«

»Alles«, gab Dylan unumwunden zu. Also konnte ich auch gleich mit offenen Karten spielen. »Seit dem Tag, als wir uns das erste Mal gesehen haben. Wie sieht es bei dir aus?«

»Ich wohne seit ein paar Jahren hier. Wer sind die beiden, mit denen du heute am Strand warst?«

Verblüfft sah ich ihn an.

»Du hast Steven auch gesehen?«

»Ja, wieso? Ist er dein Freund?«

»Nein. Nein, so ist das nicht.«

»Wie ist es dann?«

»Wir sind nur Kollegen.«

»Gut.«

»Weshalb ist das gut?«

»Er ist etwas zu alt für dich. Ist Molly auch eine Kollegin?«

»Ja, genau. Wir arbeiten in Manhattan bei *news to know*.«

Unsere Bestellung wurde gebracht.

»Du bist Journalistin?« Dylan wirkte nicht gerade glücklich darüber.

»Aktuell mache ich ein Praktikum dort, ich hoffe aber, eine feste Stelle zu bekommen. Das war schon immer mein großer Traum. Wie sieht es bei dir aus? Was machst du beruflich?«

Dylans Zögern war kurz, aber doch wahrnehmbar. Sofort wurde die Journalistin in mir misstrauisch. Was wollte er verbergen?

»Ich helfe in einem Jugendhaus aus und arbeite bei meinem Onkel. Er ist Schreiner und restauriert gern alte Möbel.«

»Wow, das klingt interessant.« Okay, offenbar machte diese Stadt mich viel zu misstrauisch.

»Es ist ganz nett.«

»Und was machst du in dem Jugendhaus?«

»Ich versuche die Kids auf dem richtigen Weg zu halten.«

Das klang super. Weshalb Dylan nun so unzufrieden wirkte, konnte ich nicht nachvollziehen. Also aß ich einen weiteren Bissen von meinem unglaublich leckeren Cheesecake.

Inzwischen platzte ich fast vor Neugierde, und das war möglicherweise die einzige Gelegenheit, Zeit mit Dylan zu verbringen. Doch ich spürte bereits jetzt, wie er sich verschloss. Also hielt ich mich weiter zurück.

»New York ist so cool. Wohnst du auch in Queens?«

»Nein, und eigentlich bin ich auch nicht allzu oft hier.«

Seine Antwort ließ meine Chancen auf ein Wiedersehen schrumpfen. Im Moment hasste ich meine Unsicherheit. Ich wusste nicht, was ich sagen konnte, ohne, dass er sich weiter verschloss, ohne ihn zu langweilen oder gar zu nerven. Meine bisherigen Versuche, Konversation mit ihm zu betreiben, waren nicht besonders gut verlaufen.

»Was ist los, Kylie?« Diese warme, raue Stimme. Dylan hatte sich etwas zu mir vorgebeugt und sah mich interessiert an.

»Nichts.« Was sollte ich ihm schon sagen? Dass ich nicht so spannend und interessant war? Dass ich keine guten Geschichten zu erzählen hatte, um die Situation natürlich aufzulockern?

»Das glaube ich nicht. Liegt es an mir? Fühlst du dich in meiner Gegenwart nicht wohl?«

»Was? Nein, ich …«

»Was? Sag es mir.«

»Ich hatte das Gefühl, dass du dich nicht wohlfühlst. Hier, mit mir.« Das war so peinlich, dass ich ihn nicht ansehen konnte. Mein Gesicht glühte vor Scham.

»Kylie, wenn du in New York glücklich werden willst, dann musst du dir mehr Selbstvertrauen zulegen.«

»Ich arbeite daran.«

»Eine schüchterne Journalistin … Interessant, davon habe ich noch nie gehört.«

»Ich bin nicht schüchtern. Und ich werde mal eine angesehene Journalistin sein«, sagte ich voller Überzeugung. Meinen Traum würde ich mir von nichts und niemandem kaputtreden lassen.

»Das klingt schon selbstbewusster. Dann liegt deine Zurückhaltung also doch an mir.«

»Ich werde einfach nicht schlau aus dir«, gab ich zu.

»Danke.« Er grinste mich frech an.

So wurde das nichts. Vielleicht sollte ich nun doch gehen. Offenbar waren wir nicht auf einer Wellenlänge. Das Gespräch war das reinste Fiasko. Ich griff nach meiner Tasse, um einen großen Schluck meines Kaffees zu trinken. Dabei berührten sich Dylans und meine Hand zufällig. Erschrocken zuckte ich zurück, als ein Prickeln, wie ein Blitz, durch meinen Körper schoss.

»Zwischen uns hat es wohl gefunkt.«

Ungläubig starrte ich Dylan an. Da saß mir dieser wahnsinnig attraktive und faszinierende Kerl gegenüber, an den ich seit Tagen denken musste, und der haute so einen Spruch raus. Was hatte das zu bedeuten? GAR NICHTS. Es hatte nicht auf diese Art gefunkt. Sei nicht albern, schalt ich mich. Es wurde Zeit, das Thema zu wechseln.

»Warum hast du mir meine Handtasche zurückgebracht?«

»Weil sie dir gestohlen wurde.« Dylan sagte es, so selbstverständlich, dass ich kein weiteres Motiv erkennen konnte.

»Also bist du ein guter Mensch?«

»Es gibt keine guten Menschen.«

Dasselbe hatte Molly auch gesagt. Es war zum Verzweifeln. Glaubte er das wirklich?

»Leben denn in dieser Stadt nur Zyniker?«, fragte ich und seufzte genervt.

Damit brachte ich Dylan zum Lachen. »Bin ich denn nun ein guter Mensch oder ein Zyniker?«

»Gib mir deine Hand«, forderte ich.

Er zögerte, dann streckte er sie mir hin. Ich nahm seine Hand, wie eine Wahrsagerin, und betrachtete sie, als könnte ich in den Handlinien irgendetwas erkennen. Sie fühlte sich angenehm an, trotz der leichten Schwielen, die er wohl der Arbeit bei seinem Onkel zu verdanken hatte.

»Hm, das ist interessant.«

»Schreibst du auf diese Weise auch deine Artikel? Was sagt meine Hand denn über mich aus?«

Seine Provokation ließ ich außer Acht, stattdessen versuchte ich, meine Stimme ruhig und mysteriös klingen zu lassen.

»Du hast zwei gegensätzliche Seiten. Mindestens.«

Ich sah, wie Dylan sich verspannte. Trotzdem wollte er wissen, wie ich darauf kam.

»Du hast sehr gepflegte Hände, deine Nägel sehen sogar fast manikürt aus. Trotzdem gibt es da diese leichten Schwielen, vermutlich von der Arbeit mit Holz.« Ich zuckte mit den Schultern und grinste. »Ich kann nicht wirklich aus den Händen lesen, nur gut beobachten.«

»Ah, sehr geschickt gemacht. Mit dieser Handlesenummer könntest du bei naiveren Leuten sicher eine Menge Geld machen.«

»Ich bleibe lieber beim Schreiben.«

»So oder so erzählst du Geschichten.«

»Ja, aber ich halte mich an echte Fakten.«

»Auch wenn ich dich nicht beleidigen will, aber so ist das doch schon lange nicht mehr. Die Medien berichten nur, was sie wollen und das schön verpackt, damit jeder die vorgefertigten News schlucken kann.«

»So etwas kommt vor, es sollte nur nicht die Regel sein. Natürlich hast du zum Teil recht, es gibt zu viele schwarze Schafe.«

»Weshalb willst du diesen Beruf dann überhaupt ausüben?«

»Genau deshalb. Ich will es besser machen, ich will etwas bewirken. In diesem Punkt werde ich nicht aufgeben, mich nicht unterkriegen lassen.«

»Klingt für mich sehr idealistisch.«

»Dann darf ich meinen Idealismus eben nicht verlieren.«

»Wo kommst du ursprünglich her?«

»Aus Kansas. Und ja, ich bin auf einer Farm aufgewachsen.«

»Seltsam, ich war schon fast überall auf der Welt, aber ich glaube, in Kansas war ich noch nie.«

»Bei mir ist es genau andersherum.«

»Wolltest du nie reisen?«

»Doch, aber durch die Farm ging das nicht. Als Kind war ich mir sicher, dass es da Möglichkeiten geben musste. Mit sieben bettelte ich meine Mutter an, mit mir ins Disneyland zu gehen, zur Not auch nur wenige Tage. Aber das half alles nichts. Ich glaube, das war der Zeitpunkt, an dem mir das erste Mal das Herz gebrochen wurde.«

Dylan schaute mich eine ganze Weile lang an. Keine Ahnung, was in ihm vorging. Vermutlich hätte ich diese alberne Geschichte nicht erzählen sollen.

»Ich hoffe, dein Herz wurde inzwischen nicht mehr allzu häufig gebrochen.«

Marco hatte mein Herz nicht auf diese Weise gebrochen, wir waren nur Freunde gewesen. Aber vielleicht machte es das sogar noch schlimmer.

Sicher würde ich Dylan nun auch nicht von meinem schlechten Händchen bei der Auswahl der Männer oder besser Jungs in meinem Leben erzählen. Viele waren es nicht gewesen, aber immer wieder war ich auf die Schnauze gefallen. Besonders im vorletzten Collegejahr bei Andrew, er hatte mich monatelang betrogen. Ich hatte nichts bemerkt und war völlig am Boden zerstört. Das war schlimm gewesen. Schlimmer war es allerdings, dass ich dadurch mir und meinem Urteil nicht mehr vertraute. Lange suchte ich den Fehler bei mir selbst, dachte, ich sei nicht gut genug. Lucy päppelte mich und mein Selbstwertgefühl so gut sie konnte wieder auf. Trotzdem hatte ich es bisher nicht wieder ganz zurückgewonnen. Ohne meine Erfahrung mit Andrew wäre das hier mit Dylan sicher einfacher.

»Ich habe inzwischen gelernt, es mir nicht schnell brechen zu lassen.«

»Gute Entscheidung.« Dylan beobachtete mich dabei, wie ich den letzten Bissen meines Kuchens aß. Erst als ich schluckte, sprach er weiter. »Wenn du überall auf der Welt hingehen könntest, was wäre dein erstes Reiseziel?«

»Da ich schon in New York bin, bleibe ich bei Disneyland«, sagte ich voller Überzeugung, und wir mussten beide lachen. Dylans Augen leuchteten auf. Er sah für einen Moment so jung aus. Sicher war er schon als Kind ein hübscher Junge gewesen.

»Ich habe eine Idee. Komm mit.« Er schnappte sich meine Hand, um mich mit sich zu ziehen.

»Wo willst du hin? Außerdem müssen wir noch bezahlen.«

»Das habe ich vorhin schon erledigt.«

»Was, wann? Und außerdem hatte ich dich eingeladen.«

»Und ich habe dich damit überrumpelt, wir sind quitt. Kommst du nun?«

Dylan sah mich voller Tatendrang an, und so ließ ich mich einfach mitreißen. Unmöglich hätte ich mich jetzt schon von ihm verabschieden können.

Völlig erstaunt stellte ich fest, dass Dylan mich zu einem alten Kino gebracht hatte. Es war geschlossen, aber Dylan klingelte einfach. Ich hielt mich etwas abseits. Ein Mann mit fast weißem Haar und leicht gebeugtem Rücken öffnete nach einer Weile. Offenbar freute er sich ehrlich, Dylan zu sehen. Sie wechselten ein paar Worte, dann gab Dylan mir ein Zeichen, dass wir reingehen konnten.

Der Eingangsbereich war prachtvoll, mit goldenen Verzierungen und rotem Samt. Moderne Kinos sahen so nicht mehr aus. Wie in der Vorhalle fand sich auch in dem kleinen

Kinosaal der Glanz vergangener Zeiten wieder. Die Wände zierten Seidentapeten mit floralem Muster, goldene Wandleuchter spendeten warmes Licht. Ich war ganz verzaubert.

Wir setzten uns mittig in den kleinen Saal, auf schmale und doch bequem gepolsterte Klappsitze.

Das Kino war ein echtes Schmuckstück. Auf meine Frage hin erklärte mir Dylan, dass sein Onkel und er dem Kinobetreiber bei der Restaurierung einiger Möbel geholfen hatten. Daher konnte er nun nach Lust und Laune Filme anschauen, aber natürlich nur die, die aktuell vorrätig waren.

Eine lächelnde, ältere Frau kam und brachte uns Cola und eine große Portion Popcorn.

Bei ihr handelte es sich laut Dylan um die Besitzerin. Das Ehepaar wohnte über dem Kino. Es gab normalerweise nur zwei Vorführungen jede Woche, eine am Samstagabend und eine für Kinder am Sonntagnachmittag.

Das Licht ging aus, und der alte, schwere Samtvorhang öffnete sich. Ich fühlte Dylans Anwesenheit direkt neben mir. In meinem Inneren herrschte ein Tumult, der nicht zu der Ruhe in dem Kinosaal passte. Die Leinwand erwachte zum Leben, nur Sekunden später hatte ich den Film erraten.

»Findet Nemo?«

»Es ist zwar nicht Disneyland, aber … Es war der einzige Disneyfilm, der zur Verfügung stand«, erklärte Dylan.

»Ich liebe diesen Film.«

»Dann haben wir Glück.«

Das war echt süß von ihm. Inzwischen sah ich Dylan mit anderen Augen. So ruppig, wie er sein konnte, er hatte auch diese andere Seite, die mich dahinschmelzen ließ.

Ich hatte ganz vergessen, wie traurig dieser sonst so wunderbare Film anfing. Dylan sah mich irritiert an, weil ich so erschrak.

Entschuldigend lächelte ich ihn an.

»Alles gut. Ich pass auf, dass dich keiner frisst«, zog er mich auf.

»Na, da habe ich ja wirklich Glück«, antwortete ich ironisch.

»Da kannst du drauf wetten.«

Grinsend wandte ich mich wieder der Leinwand zu. Dylans Blick konnte ich noch einen Moment lang auf mir spüren. Dann griff er nach meiner Hand und ließ sie bis zum Ende des Films nicht mehr los.

Nie hätte ich gedacht, dass man so viel Spaß mit Dylan haben konnte. Okay, ich hätte auch nie geglaubt, dass sich der Tag so entwickeln würde.

Dass ich Dylan wiedersehen würde und mit ihm nicht nur einen Kaffee trinken, sondern auch ins Kino gehen würde.

Danach schlenderten wir durch die Straßen von Queens. Dylan zeigte mir alle möglichen Orte, die aus unterschiedlichen Gründen besonders für ihn waren. Er zeigte mir, in welcher Eisdiele es das beste Eis gab.

Ein Baum hatte eine so ungewöhnliche Form, dass er inzwischen der meistfotografierte Baum in ganz Queens war. Dylan war sich sicher, dass er bald einen eigenen Wikipediaeintrag bekommen würde. Er machte ein Foto von mir und dem Baum.

Dann war da ein alter Schuhmacher, der seinen Laden an jedem Wochentag gegen 15 Uhr für eine Stunde schloss, um im Treppenhaus fremden Kindern vorzulesen. Jedes Kind, das wollte, konnte einfach dazukommen und sich verzaubern lassen.

Das hätte meinem Grandpa sicher auch gefallen, kam es mir in den Sinn.

Abends holten wir uns Burger und gingen zurück an den Strand. Wir saßen dort, bis die Sonne unterging. Wir sprachen nur wenig, und doch war es traumhaft. Dylan hatte seinen

Arm um mich gelegt. Ich genoss seine Nähe und zwang mich, all das nicht zu hinterfragen.

Der Tag war wunderschön, ging aber leider unglaublich schnell vorbei.

Es war bereits dunkel, als Dylan mich nach Hause brachte.

»Und nun?«, fragte ich, als wir vor meiner Haustür angekommen waren. Das kam mir weniger aufdringlich vor, als einfach nach seiner Telefonnummer zu fragen. Ein wehmütiger Ausdruck huschte über sein Gesicht.

»Ich habe dir gesagt, es bleibt nur bei einem Kaffee.«

Das konnte er doch nicht ernst meinen? Nach den letzten Stunden hatte ich wie selbstverständlich angenommen, dass wir uns wiedersehen würden. Es war wunderschön gewesen. Vielleicht waren es sogar die schönsten Stunden, die ich je mit einem Mann verbracht hatte.

»Es blieb aber nicht nur bei einem Kaffee«, gab ich zu bedenken.

»Dann haben wir beide schon mehr bekommen, als gut für uns ist.«

Dylan hauchte mir einen Kuss auf die Stirn, drehte sich um und ging davon.

MY RIDICULOUS NORMAL LIFE

Plauder-Blog von Kylie Roberts

Hi Leute,

kennt Ihr das Sprichwort: Man soll gehen, wenn es am schönsten ist?

Das stimmt nicht, denn die wunderschöne Erinnerung wird durch den Abschied verdorben. Warum kann man schöne Stunden nicht in eine Flasche abfüllen, um später noch mal darin zu schwelgen?

Keine Sorge, ich werde jetzt nicht weiter herumphilosophieren. Ich hatte lediglich einen wunderschönen Tag, der leider auf unerwartete Weise geendet ist.

Nun werde ich noch ein bisschen lesen.

Macht es gut. Ich melde mich morgen wieder. Dann mit mehr Infos zum Rockaway Beach, versprochen.

Bis dann,

Eure Kylie xx

1 1

Dylan

Ich hatte gewusst, dass es ein Fehler war. Mir war absolut klar gewesen, dass ich einfach wie geplant in die Werkstatt hätte fahren sollen, und doch war ich zurückgefahren. Zurück an den Strand, wo sie mit diesem Typen war. Es hatte mich fast wahnsinnig gemacht, nicht zu wissen, was da lief. War er ihr Freund? Er war doch mindestens zehn Jahre älter als sie. Kylie. Dieses Mädchen, das mir nicht aus dem Kopf ging. Dabei hatte ich so viel anderes zu tun. Mir lief langsam die Zeit davon.

Als ich sah, dass sie nun mit der Frau allein am Strand lag und der gestylte Typ nicht mehr zu sehen war, fiel mir ein Stein vom Herzen. Nichts konnte mich mehr bremsen. Ohne lange darüber nachzudenken, schleifte ich sie zu Rosie ins Café. Es war nahe, und Rosie machte einfach die besten Kuchen.

Nur ein Kaffee. Eine Stunde lang würde ich meine Sorgen vergessen, das war der Plan. Ich tat so, als würde ich ihr eine Stunde meiner Zeit schenken, aber eigentlich tat sie es. Sie schenkte mir eine fast sorgenfreie Zeit. Sie ließ mich all den Mist vergessen, der sonst jede Sekunde meines Tages präsent war.

Einfach nur zusehen, wie sie den Kuchen aß, fast verträumt. Diese leisen, genießerischen Laute zu hören, die sie dabei machte. Ob sie die beim Sex wohl auch von sich gab?

Es war unglaublich amüsant, sie zu necken. Kylie war so süß, wenn sie sich ärgerte. Zwischendurch musste ich mich zusammenreißen, damit ich sie nicht erschreckte. Sie ließ sich schnell verunsichern, was sie jünger machte.

Davon durfte man sich aber nicht täuschen lassen. Sie hatte ein gutes Gespür für Menschen. Ihren geschickten Fragen musste ich ständig ausweichen.

Trotzdem war es mir einfach unmöglich, sie gleich wieder gehen zu lassen.

Irgendwann hatte ich mich dabei ertappt, wie ich lachte. Ein echtes, tiefes Lachen. Früher hatte ich oft gelacht, aber nun hatte ich nicht mehr allzu oft einen Grund dafür. Kylie brachte mich zum Lachen, und ich wurde fast süchtig danach. Ehe ich mich versah, hatten wir den ganzen Tag zusammen verbracht. Wir waren bei Alberto und Marietta im Kino gewesen. Ihren staunenden, neugierigen Blick zu sehen war unbezahlbar. Ich hatte das Bedürfnis, mich ihr zu öffnen, ihr zu zeigen, wer ich wirklich war. Aber das war natürlich unmöglich.

Also tat ich das nächstbeste. Ich brachte sie zu verschiedenen Orten, die mir etwas bedeuteten. Ständig hatte ich das Verlangen, sie zu berühren, ihr nahe zu sein. Aber ich hielt mich zurück. Diese Grenze durfte ich nie überschreiten. Schon allein, um sie nicht in Gefahr zu bringen. Ich konnte nur hoffen, dass uns keiner gesehen hatte.

Am Strand saßen wir so nahe beieinander, dass ich die Wärme ihres Körpers neben mir spürte. Es war angenehm, dass wir zusammen schweigen konnten. Sie musste nicht jede Sekunde mit belanglosem Geplapper füllen.

Verdammt, ich war dieser Frau verfallen.

Nichts war schwerer, als sie nach Hause zu bringen, in dem Wissen, dass es bei diesem gestohlenen Tag bleiben musste. Dass ich sie nicht mehr treffen durfte. Nicht einmal nach ihrer Telefonnummer hatte ich sie gefragt.

Es war besser so, das wusste ich. Ich musste mich von ihr fernhalten.

Ty hielt große Stücke auf mich. Das machte es mir etwas leichter, andererseits aber auch schwerer. Denn natürlich waren damit nicht alle einverstanden. Ein paar von den Jungs wären verdammt froh, wenn sie mich loswerden könnten. Kylie würde unweigerlich zwischen die Fronten geraten. Nie würde ich mir verzeihen können, wenn ihr etwas geschehen würde, vor allem nicht, wenn es meine Schuld wäre.

Bevor ich schlafen ging, schwor ich mir, sie nie wiederzusehen.

Wenige Stunden später erwachte ich aus einem Alptraum. Ein rationaler Teil von mir wollte mir erklären, dass ich im Schlaf nur meine Sorgen verarbeitet hatte und es keinen Grund gab, anzunehmen, dass die Jungs jetzt schon hinter Kylie her waren. Der Traum war jedoch so real, dass er sich nicht abschütteln ließ.

Ich stand auf und machte Sit-ups. Das half mir manchmal dabei, müde zu werden und wieder einschlafen zu können.

Dieses Mal leider nicht. Meine Gedanken kreisten um Kylie, um den Tag, den wir zusammenverbracht hatten, aber auch um die Gefahr, in die ich sie damit vielleicht gebracht hatte. Erst als ich beschloss, dass ich sie im Auge behalten würde, wurde ich ruhiger. Wenigstens eine gewisse Zeit lang musste ich das tun, nur um sicherzugehen, dass ihr nichts passierte. Nach diesem Entschluss konnte ich noch mal einschlafen, wenn auch nicht für sehr lange.

12

Kylie

Lucy war außer sich.

»Er hat dich auf die Stirn geküsst und ist einfach gegangen?«

Ich nickte zur Bestätigung.

Nachdem ich gestern Abend nicht in der Lage gewesen war, über meinen Tag mit Dylan zu sprechen, hatte sich Lucy nur vertrösten lassen als ich ihr versprach, gleich heute Morgen mit ihr ein Krisen-Videochat-Frühstück zu veranstalten. Das hatten wir schon oft gemacht. Es war lustig, und man konnte sich dabei gemütlich ins Bett kuscheln. Lucy hatte Glück, sie hatte alles für ihr Frühstück zu Hause gehabt. Ich hatte mit erst etwas besorgen müssen.

»Waff stimmpt nu nich mip diesem Perl?«

»Lucy, mit vollem Mund spricht man nicht. Aber ich habe auch keine Ahnung, was mit dem Kerl nicht stimmt.« Ich zuckte ratlos mit den Schultern und trank einen Schluck von meinem Caramel Macchiato.

»Zeig mir noch mal das Bild, das du von euch am Strand gemacht hast.«

Ich hasste Selfies, aber Dylan hatte so entspannt gewirkt. Also hatte ich spontan ein Bild von uns gemacht. Das warme Licht der untergehenden Sonne hatte sich wie ein Weichzeichner über alles gelegt.

Was ihn wohl ansonsten so bedrückte, dass er immer angespannt und oft grimmig war? Da war etwas. Den ganzen

Tag lang waren wir darum herum geschifft. Er war meinen Fragen immer wieder ausgewichen.

Heute Nacht hatte ich lange wachgelegen und war den Tag in Gedanken wieder und wieder durchgegangen. Dylan hatte mir kaum etwas über sich erzählt. Stattdessen hatte er mich animiert, von mir zu erzählen, sodass ich zum Schluss fast meine ganze Lebensgeschichte erzählt hatte.

War es dumm gewesen, mich ihm so zu öffnen? Vermutlich, besonders nach diesem seltsamen Abschied.

»Kylie, es tut mir leid, aber dieser Dylan muss verrückt sein. Er sieht zum Anbeißen aus, das lässt sich nicht leugnen. Aber jeder normale Kerl hätte erst versucht, dich flachzulegen, bevor er darauf verzichtet, dich wiedersehen zu wollen.«

»Darauf verzichtet, mich wiedersehen zu wollen? Klingt das nicht viel zu positiv?«, fragte ich und lachte über ihre Wortwahl.

»Nein, es ist großmütig. Denn genau das habe ich Troy heute Nacht gesagt, als ich ihn rauswarf. Er wollte ernsthaft meine Nummer, dafür hätte er sich mehr ins Zeug legen müssen. Also verzichte ich darauf, ihn wiedersehen zu wollen.«

»Wie hat er reagiert?«

»Hm, ich schätze, er überlegt noch immer, wie ich das genau gemeint habe.« Lucy kicherte unbekümmert.

»Du bist manchmal echt unmöglich.«

»Und du solltest manchmal wesentlich unmöglicher sein. Wie läuft es denn eigentlich im Büro?«

»Molly ist super, bei ihr habe ich die Möglichkeit, viel zu lernen.«

»Was ist mit Steven?«

»Ich glaube, er ist heimlich in Molly verliebt. Erst hatte ich den vagen Eindruck, dass er mit mir flirtet, aber ab und zu vergisst er, Molly böse anzusehen. Und dann sagt sein Blick mehr als tausend Worte.«

»Was ist mit dem Streber?«

»Wer? Ach, meinst du Trevor?«

Lucy nickte kauend.

»Der hat diese Woche versucht, mich zu torpedieren. Das hatte ich schon fast vergessen.« Bei dem Gedanken daran wurde ich beinahe wieder wütend.

»Morgen ist ein kleiner Empfang im Rathaus. Trevor wollte unbedingt hin, aber das fällt in Mollys Bereich. Als ihm klar wurde, dass sie statt ihm mich mitnehmen wollte, ging er zum Chef. Ernsthaft, der wollte mich dort schlechtmachen, nur weil er da nicht hinkonnte.«

»Dieser miese, kleine Scheißer. Wie ging es aus?«

»Molly hatte so etwas geahnt. Sie war vorher bei Orsen, hat mich anscheinend in den höchsten Tönen gelobt und offiziell die Erlaubnis abgeholt, mich mitnehmen zu dürfen.« Normalerweise hätte Molly keine Erlaubnis eingeholt. Aber da es ein offizieller Termin war, zu dem nur wenige ausgewählte Journalisten geladen waren, war sie auf Nummer sicher gegangen.

»Trevor stand sicher blöd da.«

»Ja, angeblich hat Orsen ihn ziemlich zusammengefaltet, weil er sich so plump angestellt hat. Selbst ein Blinder hätte das durchschaut, und Orsen lässt sich nicht gerne für dumm verkaufen.«

»Geschieht Trevor recht.«

Das dachte ich auch. Dass er mich nicht leiden konnte, hatte ich bereits am ersten Tag bemerkt. Keine Ahnung, weshalb das so war.

Er sah mich wohl nicht als Kollegin, sondern als Konkurrentin. Immer wenn ich versuchte, freundlich zu ihm zu sein, ließ er mich auflaufen.

Früher in der Middle School hatte es auch einen Jungen gegeben, der mich nicht ausstehen konnte. Trevor erinnerte mich an ihn. Egal, was ich tat, er hasste mich. Erst machte er sich nur über mich lustig, aber irgendwann reichte ihm das nicht mehr aus.

»Aber zurück zu den wichtigen Dingen. Du gehst also morgen auf diesen Empfang? Das ist super, so eine tolle Chance. Die große, politische Bühne.«

»Übertreib mal nicht. Es ist nur Lokalpolitik. Aber ich gebe es zu, nervös bin ich trotzdem.«

»Dann stelle ich dir mal die Frage aller Fragen.«

Fragend sah ich Lucy an. Sie grinste breit.

»Was wirst du anziehen?«

»Keine Ahnung. Aber nachher wollte Molly noch mit mir shoppen gehen.«

»Das ist sehr gut. Sie scheint ein gutes Händchen für Mode zu haben.«

»Und ich etwa nicht?«

»Sagen wir es mal so. Du musst kleidertechnisch noch das College hinter dir lassen.«

»Stimmt gar nicht. Ich ziehe wirklich schicke und erwachsene Sachen zur Arbeit an.«

Lucy sah mich zweifelnd an und gab nur ein »Mhm« von sich.

Ehrlich gesagt war ich auch froh, dass Molly mir half, das richtige Outfit zu finden. Ich konnte nur hoffen, dass es mein Budget nicht völlig sprengen würde.

Glücklicherweise war das nicht der Fall. Als ich Molly später traf, fragte ich sie, was denn mit meinen Klamotten nicht stimmen würde. Offenbar einiges, denn sie ließ eine Grundsatzrede vom Stapel.

Meine Bürokleidung war angemessen schick, aber sie passte offenbar nicht zu mir, zu meinem Typ. Ich musste laut

Molly nicht nur meinen Schreibstil, sondern auch meinen individuellen Kleiderstil finden.

Unglaublich, dass ich 22 Jahre ohne eigenen Stil verbracht haben sollte. Langsam glaubte ich beinahe, dass mir das „Mädchen-Gen" fehlte.

»Sei nicht albern, Kylie.« Molly lachte mich aus.

»Du kannst sein wer oder was immer du willst. Egal wo du bist, du brauchst nur die passenden Klamotten.«

»Yogahosen und One-Shoulder-Shirts passen leider nicht immer«, witzelte ich.

Molly knuffte mich gegen den Oberarm. Kurz darauf betraten wir einen Secondhandladen. Zuhause hatte es auch einen gegeben, der roch muffig und hatte nur Zeug, das aussah, als wäre es aus dem letzten Jahrhundert. Doch dieser Laden hier hatte damit nicht das Geringste gemein. Er war hell, gepflegt und es sah aus wie in jedem anderen Geschäft. Noch dazu roch es angenehm.

»Als ich frisch in New York ankam, hatte ich kaum etwas. Kaum Geld, kaum Klamotten, kaum Selbstbewusstsein.«

Das konnte ich mir bei Molly gar nicht vorstellen. Unvorstellbar, dass diese wunderbare Frau je anders gewesen sein sollte.

»Dieser Laden hier war meine Rettung. Ah, hallo, Camille!«

Eine zarte Frau kam mit energischen Schritten auf uns zu. Sie begrüßte Molly mit neben die Wangen gehauchten Küsschen.

»Hallo, Camille. Das ist Kylie. Kylie, Camille.«

Ich lächelte die kühle blonde Frau zaghaft an. Sie hatte etwas Strenges und Diszipliniertes an sich, sodass ich mich unwillkürlich fragte, weshalb ich meine Klamotten nicht gebügelt hatte. Ich musste mich zusammenreißen, um mich unter ihrem musternden Blick nicht zu winden.

Molly lächelte mich aufmunternd an. Nachdem wir Camille gesagt hatten, für welchen Anlass ich etwas Neues suchte, führte sie uns entschlossen durch den Laden. Kurze Zeit später hatte ich das perfekte Outfit. Es sah angemessen schick aus, und trotzdem fühlte ich mich wie ich. Das hatte Molly wohl mit Stil gemeint. Bezahlbar war das Ganze zum Glück auch.

Camille führte diesen Laden nicht des Geldes wegen, obwohl sie sehr gut davon leben konnte. Es war ihre Passion. Keiner musste schlecht angezogen sein, lautete ihre Devise. Sie versprach mir, ein paar Teile für mich zur Seite zu legen, die gut in meinen Büroalltag passen würden.

Ich war Molly unendlich dankbar für diesen Tipp. Allein hätte ich den von außen so unscheinbaren Laden wohl nie entdeckt.

Da wir in der Nähe waren, machten wir uns auf den Weg zum Central Park. Es war, als betrete man eine andere Welt. Die Wolkenkratzer ließen wir hinter uns und tauchten in diesen wunderbaren Park ein. Erst hier bemerkte ich, dass mir die Natur gefehlt hatte, all das Grün. Und die Gerüche ... So schwach sie auch waren, sie waren da. Die Blätter, die Gräser, die Blüten. Mir war nicht klar gewesen, wie sehr ich es vermisst hatte.

Ich notierte mir auf meiner inneren To-do-Liste, dass ich unbedingt ein paar Pflanzen für das Apartment brauchte.

Molly drängte mich, ihr noch mal ganz genau alles von Dylan zu erzählen, aber auch sie wurde nicht schlau aus ihm.

»Hast du eigentlich noch was von Steven gehört?«, fragte ich sie.

»Nein, weshalb sollte ich?«

»Er ist so plötzlich gegangen. Hast du eine Ahnung, weshalb?«

»Interessierst du dich etwa für ihn?«

»Nein, nicht auf diese Weise.« Nach einem Moment des Zögerns gab ich mir einen Ruck und fragte weiter. »Was ist zwischen euch gewesen?«

»Du gibst einfach keine Ruhe, oder?«

»Nein, wie könnte ich?«

»Du wirst wirklich bald eine gute Journalistin sein.« Molly lachte und gab nach. »Vorhin habe ich dir gesagt, dass ich ganz anders war, als ich hier ankam. Ich hatte mich aus einer schlimmen Beziehung befreit und war einfach hierhergekommen. Ich hatte einen neuen Job, aber sonst keinen Plan, was ich mit mir und meinem Leben anfangen sollte.« Sie seufzte. »Steven war da. Er fing mich auf, wenn es mir schlecht ging und brachte mich zum Lachen. Mehr brauchte es nicht, damit ich mich für ihn zu interessieren begann. Aber kaum, dass wir uns nähergekommen waren, kaum, dass wir ein paarmal miteinander in der Kiste gewesen waren, hat er es beendet.«

»Wieso hat er das gemacht?«

»Ach, du weißt doch, wie die Kerle sind. Er hatte bekommen, was er wollte und das war's.«

Seltsam, so hatte ich Steven gar nicht eingeschätzt. So wie er Molly manchmal ansah, wenn er sich unbeobachtet glaubte, hätte ich gewettet, dass Molly eher ihm das Herz gebrochen hatte.

»Wie lange ist das her?«

»Im September sind es drei Jahre.«

»Und ihr habt nie darüber gesprochen?«

»Hätte nicht gedacht, dass du eine kleine Romantikerin bist. Aber nein, da gab es nichts mehr zu bereden. Lass es dir einfach eine Warnung sein.«

Irritiert sah ich sie an.

»Ach, komm schon, Kylie. Steven baggert dich an, das musst du doch gemerkt haben. Du bist jung und neu in der Stadt. Ich sehe da schon Parallelen.«

MY RIDICULOUS NORMAL LIFE
Plauder-Blog von Kylie Roberts

Hi, Ihr Lieben,
schaut Euch nur mal an, was ich eben für Schätzchen gekauft habe!

Mega, oder?

Heute nehme ich mir mal wieder etwas mehr Zeit, um Eure Fragen zu beantworten.

1. Wie gefällt dir New York?

- Es ist großartig und es gibt immer was Neues zu entdecken.

2. Fühlst du dich manchmal einsam so allein dort?

- Ja, natürlich vermisse ich meine Familie und Freunde, aber zum Glück gibt es das Internet. Und ich habe auch schon ein paar Kontakte geknüpft. Besonders meine Kollegin Molly ist mir jetzt schon richtig ans Herz gewachsen.

3. Warst du am Rockaway Beach im Wasser?

- Nein, das war ich nicht. Es hat sich nicht ergeben. Werde ich aber bestimmt noch nachholen.

4. Hast du schon einen heißen Typen kennengelernt?

- Davon gibt es hier viele. Aber ich hatte noch kein Date, wenn du das meinst, also zumindest kein offizielles.

5. Wie läuft dein Praktikum?

- Es ist toll. Morgen werde ich bei einem offiziellen Empfang im Rathaus dabei sein. Das wird bestimmt spannend. Bin schon ein bisschen nervös, wenn ich ehrlich sein soll.

Bis dann
Eure Kylie xx

13

Kylie

Die halbe Nacht hatte ich damit verbracht, mich über die Leute, auf die ich heute treffen würde, zu informieren. Zumindest, wenn ich nicht gerade an Dylan gedacht hatte. Sein Verhalten hatte mich verletzt und verunsichert. Immer wieder ertappte ich mich bei dem Gedanken, dass ich etwas falsch gemacht hatte, dass ich nicht gut genug war. Immer wieder dieses alte Muster. Entschlossen verbannte ich ihn aus meinem Kopf. Es wäre das erfolgreichste Date meines Lebens gewesen, wenn es denn eines gewesen wäre. Okay, und erfolgreich war es bei diesem Ende wohl nicht. Es war nach den ersten Unsicherheiten nahezu perfekt gewesen, bis zum Abschied.

Dafür war nun keine Zeit, ermahnte ich mich. Es lag eine große Aufgabe vor mir, ich würde wichtige und hochangesehene Menschen treffen.

Es waren hauptsächlich Politiker und Geschäftsleute.

Ein bekannter Geschäftsmann, Tyson Bennett, hatte wohl vor einem Jahr ein Jugendhaus in der Bronx eröffnet. Hatte nicht nur unermüdlich Spenden gesammelt, sondern sich auch persönlich eingebracht. Es klang bemerkenswert. Er wollte den Kindern als Vorbild dienen, wollte zeigen, dass man alles erreichen konnte, egal, wie schlecht der Start ins Leben auch gewesen war.

Es freute mich, dass so viel Engagement nun auch von der Politik anerkannt wurde. Vielleicht konnte ich dem

Jugendhaus nachher einen Besuch abstatten, als kleine Hintergrundrecherche für Molly. Schade, dass ich auf diese Idee nicht schon vor ein paar Tagen gekommen war.

Als ich Molly darauf ansprach, blockte sie ab. Das sah ihr gar nicht ähnlich.

»Das ist nicht notwendig, ich war schon dort.«

Enttäuschung machte sich in mir breit. Sie war schon dort gewesen, ohne mich? Es war albern. Molly konnte tun und lassen, was sie wollte, aber trotzdem konnte ich nicht verhindern, dass ich mich ausgeschlossen fühlte.

»Hey, sei nicht traurig. Es ist schon eine ganze Weile her. Ich hatte einfach den Eindruck, dass es zu gut klang, um wahr zu sein. Es war eine ganz andere Story, die mich in das Umfeld von Bennett geführt hat.« Sie lächelte mich aufmunternd an. »Du siehst heute wirklich umwerfend aus. Und nun lass uns gehen.«

Es wunderte mich, dass sie dieses Thema so abblockte, bisher hatte sie mich nie ausgeschlossen. Sie hatte mir immer bereitwillig von ihren Storys und auch den Recherchen erzählt.

»Welche Story hat dich dort hingeführt?«

»Ach, die zeige ich dir mal bei Gelegenheit, die wurde nicht veröffentlicht. Hatte auch nicht direkt mit dem Jugendhaus zu tun.«

Sie winkte uns gekonnt ein Taxi heran. Erstaunlich. Ob das bei mir auch so einfach funktionieren würde? Ich ging zu dem Taxi, als mir im Augenwinkel eine vertraute Gestalt auffiel. Irritiert drehte ich meinen Kopf, und ja, ich hatte richtig gesehen. Dylan stand im Schatten eines Eingangs, ein paar Häuser weiter, und schaute zu mir herüber. Mein Herz hüpfte erfreut. Ohne darüber nachzudenken, zog es mich in seine Richtung.

»Kylie, kommst du?«, rief mich Molly aus dem Wageninneren.

»Ja, ich komme.« Als ich mich wieder zu Dylan umdrehte, war er verschwunden.

Das brachte mich völlig aus dem Konzept. Es war Dylan. Ich war mir so sicher, als hätte er direkt vor mir gestanden. Und ich war mir zudem sicher, dass er mich beobachtet hatte. Was hatte das zu bedeuten? Eine vage Hoffnung war bei seinem Anblick in mir aufgestiegen. Hatte er es sich wieder anders überlegt? Weshalb war er dann nun weg? Weil ich ihn entdeckt hatte? Das war doch kein normales Verhalten. Jetzt mal ernsthaft.

Hatte ich mich getäuscht, und es war doch nicht Dylan gewesen? Nun brachte er mich dazu, schon wieder an mir selbst zu zweifeln.

Nein, ich entschied, dass ich das nicht zulassen würde. Ich würde weder an mir zweifeln, noch würde ich ihm hinterherrennen. Wenn er etwas wollte, wusste er schließlich, wo ich wohnte. Sollte ich ihn noch einmal zufällig sehen, würde ich ihn nicht beachten, außer, er würde auf mich zukommen. Die neue Kylie hielt sich nicht mit solchen Dingen auf, beschloss ich. Molly würde das auch nicht tun, wenn sie an meiner Stelle wäre.

Es ärgerte mich, dass die kurze Begegnung mich so beschäftigte. Es sollte mich nicht so ablenken, dass ich ihn gesehen hatte. Es lag eine wichtige Veranstaltung vor mir. Ich musste nicht nur mich, sondern auch die Redaktion präsentieren. Natürlich gemeinsam mit Molly. Es würde auf sie zurückfallen, wenn ich unangenehm auffiele.

Gerade rechtzeitig hatte ich meine innere Standpauke beendet. Das Taxi hielt an, Molly bezahlte den Fahrer und wandte sich zu mir.

»Bereit?«

Ich spürte die Aufregung in allen Zellen meines Körpers. Aber ich hatte mich gut vorbereitet, ich würde jeden Smalltalk ohne Peinlichkeit überstehen, sprach ich mir selbst Mut zu.

»Bereit«, bestätigte ich.

Vor dem Rathaus trafen wir auf Rob, unseren Fotografen.

»Ladys«, begrüßte er uns.

Molly hatte mich schon vor ihm gewarnt. Er war etwas selbstgefällig und nur mit genug Wodka zu ertragen. Wichtig war, dass er genug davon trank und nicht man selbst.

Sie nickte ihm zu, und ich tat es ihr gleich.

Das Rathaus war riesig. Welcher Raum war noch mal der richtige? Ich hatte das gewusst, es war Teil meiner Recherche. Mein Kopf war wie leergefegt. Ich versuchte, ein gelassenes Pokerface aufzusetzen und die aufsteigende Panik zu unterdrücken, während wir einen langen Flur entlang gingen.

Ich würde das hinbekommen. Schließlich war ich nicht allein. Molly war hier. Das beruhigte mich.

»Zappel nicht so herum, das macht deinen entspannten Gesichtsausdruck zunichte«, sagte Molly leise neben mir.

Sofort konzentrierte ich mich auf meine Körpersprache.

»So ist es schon besser. Und nun leicht lächeln, wir sind gleich da.« Molly setzte selbst ein unverbindliches Lächeln auf und folgte den Anweisungen der Mitarbeiter, die jedem seinen Platz zuwiesen.

Es dauerte eine ganze Weile, bis sich alle geladenen Personen versammelt hatten und es endlich losging. Molly hatte mich auch hier vorgewarnt. Viele Politiker dachten offenbar, sie könnten mit einem späten Erscheinen einen wichtigen und vielbeschäftigten Eindruck vermitteln.

Meine ganze Konzentration fokussierte ich auf die Fakten, die ich immer wieder durchging. Neben den Daten zu den beruflichen Laufbahnen hatte es den einen oder anderen Skandal gegeben, sowohl bei den Politikern als auch den

Geschäftsleuten. Erst jetzt fiel mir auf, dass ich nur über einen einzigen kein schlechtes Wort gelesen hatte. Tyson Bennett.

Keine kontroverse Firmenpolitik, keine wirtschaftlichen Schwankungen, keine Steuerauffälligkeiten, keine Geliebten, keine Exzesse. War er etwa ein Heiliger?

Es gab keine guten Menschen. Das hatte nicht nur Molly gesagt, sondern auch Dylan. Ich glaubte das nicht. Ich glaubte viel mehr an das Gute in jedem Menschen. Auch, wenn man es nicht immer gleich finden konnte. Aber Bennett wirkte zu glatt. Irgendwas an ihm stimmte nicht, ich konnte es nur nicht richtig greifen.

Die Reden der Politiker zogen sich ewig hin. Das gehörte nun einmal zum Job. Wären wenigstens irgendwelche neuen Informationen enthalten, aber nein, es war nur salbungsvolle Selbstbeweihräucherung. Was sie angeregt und geplant hatten. Was sie alles fördern wollten, und welche guten Voraussetzungen irgendwann mal geschaffen werden würden. Mein Eindruck war, dass sie die Wahrheit gar nicht sehen und nichts unternehmen, sondern einfach nur die nächste Wahl gewinnen wollten.

Natürlich war nicht alles schlecht, definitiv nicht. Wir lebten in einem der reichsten und mächtigsten Länder der Welt. Ich war froh und stolz, eine Amerikanerin zu sein. Aber dennoch konnte man sich doch nicht so einfach aus der Verantwortung stehlen. Da standen sie und würdigten einen Mann, der sich einsetzte, weil es dem Staat nicht gelang, die Armut und die Jugendkriminalität in den Griff zu bekommen. Ein Jugendhaus war gut, aber es war nur ein Anfang.

Mr. Bennett sah das offenbar genauso. Er nahm die Ehrung entgegen, ließ dann jedoch eine leidenschaftliche Rede vom Stapel, die mich wirklich beeindruckte. Vermutlich hatte mich mein erster Eindruck getäuscht. Er schien ein Geschäftsmann zu sein, der sich aus einer tiefen Überzeugung engagierte. Er war ein Jahr lang fast täglich persönlich im Jugendhaus gewesen. Nun war er dabei, einen Vertreter einzuarbeiten, der alles in seinem Sinne weiterführen würde, da seine eigenen Geschäfte ihn nun wieder mehr in Anspruch nahmen. Trotzdem würde er, so oft er konnte, direkt vor Ort nach dem Rechten sehen, versprach er.

Dieser Mann war beeindruckend. Ich musste unbedingt Molly fragen, was sie über ihn wusste. Vielleicht wollte sie ein Porträt über ihn schreiben, bei dem ich mitarbeiten konnte.

Irgendwann löste sich die Menge auf, hier und da wurden noch Gespräche geführt. Meine Notizen hatte ich eingesteckt. Molly war in ein Gespräch mit einem der Politiker vertieft. Unser Fotograf hatte seine Bilder zusammen und war gegangen. Unschlüssig, was ich nun tun sollte, sah ich mich um. Mein Blick fiel auf den Mann der Stunde. Mr. Bennett schenkte mir ein strahlendes Lächeln und kam auf mich zu.

»Sie habe ich noch nie gesehen.«

»Was macht Sie so sicher?«

»Ich vergesse nie ein Gesicht.«

»Oh, über diese Fähigkeit wäre ich froh, Mr. Bennett. Aber entschuldigen Sie, ich bin Kylie Roberts vom *news to know*.« Wir schüttelten uns die Hände.

»Dann sind Sie sicher mit Molly hier.«

Ich nickte und sah zu ihr herüber. Immer noch sprach sie mit dem Politiker. Er sah gut aus, aber das konnte kaum der Grund für das Gespräch sein, oder?

»Ich bin beeindruckt von dem, was Sie für die Kids in der Bronx aufgebaut haben.«

»Danke. Manchmal denke ich, es ist nicht genug.«

Irgendetwas an dieser Aussage kam mir seltsam vor. So bescheiden wirkte er nicht. Das war ein Tick zu dick aufgetragen.

»Es klang sehr vielversprechend.«

»Kommen Sie doch einmal vorbei. Zeigen Sie den Jungs und Mädels, was man mit genug Ehrgeiz in so jungen Jahren schon erreichen kann.«

»Danke, darauf komme ich gern zurück.«

Plötzlich tauchte Molly neben uns auf.

»Entschuldigen Sie, Mr. Bennett, aber ich muss meine Kollegin nun leider entführen.« Molly schenkte ihm ein breites Lächeln und zog mich am Arm fort.

»Was ist denn los?«, wollte ich irritiert wissen.

»Man kann dich nicht allein lassen. Du ziehst offenbar Männer an, die nicht immer das sind, was sie zu sein scheinen.«

»Geht das auch weniger kryptisch?«

»Sei einfach auf der Hut und halte dich von Bennett fern.«

Mehr bekam ich aus Molly dazu nicht heraus. Auch in den kommenden Tagen nicht.

Sonst verhielt sie sich normal, aber kaum versuchte ich, das Gespräch in diese Richtung zu lenken, blockte sie ab. Es war frustrierend. Meinen eigenen Recherchen nach fand ich keine Gründe dafür. Aber ich würde dranbleiben. Vielleicht sollte ich in den kommenden Tagen mal in das Jugendhaus gehen. Das würde meine Neugierde vielleicht befriedigen und mich zugleich hoffentlich davon abhalten, immer wieder an Dylan zu denken.

Meine Bemühungen, nicht an ihn zu denken, waren nämlich nicht sehr erfolgreich. Dabei half es auch wenig, dass er ständig irgendwo wie aus dem Nichts auftauchte. Meist verschwand er sofort wieder. Meinem Entschluss, ihn nicht mehr anzusprechen, war ich bisher treu geblieben, immerhin das. Sobald ich ihn sah, ignorierte ich ihn und tat so, als hätte ich ihn nicht bemerkt. Dabei versuchte ich, mir nicht sehnlich zu wünschen, dass er mich wieder ansprach. Vergeblich.

Mein Leben in New York hatte eine gewisse Normalität, eine Routine entwickelt.

Außerhalb meines Praktikums gab es nicht viel, nur die üblichen Telefonate mit Lucy und die Arbeit für meinen Blog. Zudem nahm ich mir jeden Abend mindestens eine Stunde Zeit, um meine Umgebung zu erkunden. Ich streifte durch die Straßen und ließ meinen Gedanken freien Lauf. Es tat gut, mal nicht auf einen Bildschirm zu starren, mal nicht an irgendetwas zu arbeiten, sondern einfach nur so Zeit zu verbummeln. Es entspannte mich, ließ die Hektik des Tages von mir abfallen.

Als ich gerade von einem dieser Spaziergänge zurückkam, sah ich ihn wieder. Schon war es um meine Erholung geschehen. Mein Herz begann, unnatürlich schnell in meiner Brust zu schlagen.

14

Kylie

Dylan. Schon wieder? Das konnte doch nicht wahr sein. Ja, ich hatte mir geschworen, dass ich ihn nicht mehr ansprechen würde, aber es war lächerlich. Er trieb sich beim Büro herum, er schlich durch die Straßen und nun traf ich ihn auch noch bei meiner Wohnung. Das konnte nicht ewig so weitergehen. Ich schalt mein Herz, es sollte sich gefälligst beruhigen. Es machte mich inzwischen richtig sauer, dass Dylan bestimmte, dass wir uns nicht mehr sehen sollten und sich dann selbst nicht daran hielt. Ich straffte meine Schultern, hob mein Kinn an und ging geradewegs auf ihn zu.

»Was tust du hier, Dylan? Vor meiner Wohnung?«

»Ich bin zufällig hier.«

»So wie du ständig schon mal ›zufällig‹ hier warst? Gerade erst gestern?«

Weshalb sein Blick plötzlich derart alarmiert aussah, konnte ich nicht nachvollziehen. Geradezu entsetzt sah er mich an.

»Gestern? Was hast du gesehen? Wann?«, fragte er mich drängend.

»Was meinst du? Ich habe dich gesehen. Du hattest wie heute die Kapuze deines Hoodies auf und auch diese Jacke an. An den Aufnähern kann man die schließlich gut erkennen.«

Fluchend drehte er sich weg und fuhr sich mit der Hand durchs Gesicht. Irgendetwas schien ihn zu beunruhigen. Er wirkte fast verstört. Das konnte doch nichts damit zu tun haben, dass ich ihn hier ertappt hatte? Irgendetwas ging vor sich, und ich wollte verdammt sein, wenn ich ihn nicht endlich zum Reden brachte.

»Dylan, wenn du mir nicht gleich sagst, was hier los ist, dann schreie ich laut um Hilfe.«

Er sah mich an, als wollte er abschätzen, ob ich meine Drohung wahr machen würde. Dann schmunzelte er.

»Vielleicht hättest du das bei unserem ersten Treffen schon tun sollen, Kylie.«

Wie sollte ich das bitte verstehen? Was war nur mit ihm los?

»Dylan, sprich mit mir. Wenn es dir hier zu öffentlich ist, komm mit in mein Apartment und lass uns in Ruhe reden. Und ich warne dich. Ich werde nicht aufgeben, bis ich die Wahrheit herausgefunden habe.« Unerschrocken schaute ich ihm mit festem Blick in die Augen, damit er sah, wie ernst es mir war. Denn ich meinte es verdammt ernst, und das sollte er wissen. Wie wunderschön seine Augen waren, ignorierte ich.

Offenbar kam meine Message langsam bei ihm an, denn er seufzte ergeben.

»Welche Wahrheit, Kylie? Deine? Meine? Das Leben ist nicht einfach schwarz und weiß. Vielleicht bist du zu behütet aufgewachsen, um das zu wissen.«

Ich reagierte erst gar nicht auf seine plumpe Beleidigung. Ich erkannte einen Ablenkungsversuch, wenn ich ihn vor mir hatte.

»Okay.« Er warf resigniert die Hände in die Luft. »Lass uns in dein Apartment gehen. Aber gib nicht mir die Schuld, wenn dir nicht gefällt, was ich zu sagen habe.«

Langsam wurde ich wütend. Ich spürte mit jeder Faser, dass ich gleich explodieren würde. Weshalb behandelte er mich so? Wieso dachte er, ich wäre naiv oder dumm?

Zähneknirschend schluckte ich meinen Ärger runter, denn nun hatte ich ihn endlich so weit, dass er mit mir redete, und das wollte ich nicht versauen. Ich hatte nicht die leiseste

Ahnung, weshalb er sich so seltsam benahm, und deshalb wollte ich es nun endlich erfahren. War es eine gute Idee, ihn mit nach oben zu nehmen?, fragte ich mich etwas verspätet. Die Türen des Aufzugs schlossen sich hinter uns. Durch Dylans imposante Gestalt wirkte der Lift winzig. Er war mir so nah, ich konnte seinen Duft riechen. Er roch angenehm, nach Meersalz und Freiheit.

Mir wurde seine Nähe von Sekunde zu Sekunde bewusster. Die Luft schien elektrisch geladen zu sein. Ich richtete meinen Blick stur geradeaus, damit Dylan nicht mitbekam, wie sehr mir seine Gegenwart zu schaffen machte. Seinen Blick konnte ich fast wie eine Berührung auf mir spüren. Mein Herz schlug immer schneller, aber nicht mehr vor Wut. Ich hoffte, dass die Türen gleich aufgingen, denn wer wusste schon, was sonst geschehen würde?

Mit einem ›Pling‹ kam die Erlösung, und ich flüchtete aus dem engen Raum, sobald die Türen sich geöffnet hatten. Wie konnte dieser ungehobelte Kerl so eine Wirkung auf mich haben? Seit unserer ersten Begegnung hatte er kaum ein höfliches Wort für mich gehabt. Ausgenommen war natürlich der eine Tag, den wir gemeinsam verbracht haben. Manchmal fragte ich mich, ob ich all das nur halluzinierte.

Es war ein Wunder, dass ich den Schlüssel sofort ins Schloss bekam, obwohl in mir dieser Aufruhr herrschte.

Auch wenn mein Apartment winzig war, gab es doch mehr Platz als in diesem verdammten Aufzug. Andererseits war da auch ein Bett. Ich musste mich zwingen, an etwas anderes zu denken. Denn es gab einen bestimmten Grund, weshalb Dylan nun hinter mir die Tür schloss. Ich versuchte, mich zu sammeln und meine Wut wieder heraufzubeschwören. Meine Hormone vermasselten noch alles.

Ich bot Dylan etwas zu trinken und den einzigen Stuhl an, den es hier gab. Nachdem ich uns zwei Pepsi geholt hatte, setzte ich mich auf das Bett, denn es war die einzige andere Sitzgelegenheit.

»Nett hier«, meinte Dylan und zeigte vage auf die Wand, die ich mit Bildern und einer Lichterkette dekoriert hatte.

»Danke. Aber du bist nicht mit hierhergekommen, um mir Komplimente zu meinem Apartment zu machen.«

»Soll ich lieber dir Komplimente machen?« Sein Blick war intensiv. Er hielt mich gefangen. Ich konnte weder wegschauen noch etwas erwidern.

»Soll ich dir sagen, wie wunderschön deine Augen sind? Wie süß deine Stupsnase ist oder wie anziehend ich deine Lippen finde?« Bei diesen Worten lehnte sich Dylan nach vorn und kam mir immer näher.

»Soll ich dir sagen, dass ich weder deinen Duft noch das Gefühl deines seidigen Haares in meinen Händen vergessen kann?«

Ich atmete geräuschvoll ein. Nie hätte ich erwartet, dass unsere Begegnung eine solche Wendung nehmen würde.

»Dylan …« Keine Ahnung, was ich eigentlich sagen wollte. Mein Kopf war leer. Ich konnte ihn nur anstarren und mir wünschen, dass er mich endlich küsste. Aber das tat er nicht.

»Lass gut sein, Kylie. Wir beide, das wird es nie geben.« Mit diesen Worten lehnte er sich entspannt auf dem Stuhl zurück und grinste mich arrogant an. Am liebsten hätte ich ihn geschlagen. Ich war gegen Gewalt, in jeder Form, aber ich fühlte mich so gedemütigt. Er musste mir angesehen haben, welche Wirkung er auf mich hatte. Er hatte sich einfach darüber lustig gemacht.

Mein Blut kochte fast vor Wut. Ich war kurz davor, ihn rauszuwerfen. Ganz kurz davor. Aber als ich ihn ansah, konnte ich für den Bruchteil einer Sekunde so etwas wie Bedauern in seinem Blick sehen.

Das ließ mich zögern. Denn da war er, dieser Widerspruch, der mich so fesselte.

Entschlossen brachte ich meine Gefühle unter Kontrolle, sah ihm in die Augen und forderte ihn auf, zu erzählen, was los war. Auch wenn es echt mies von ihm war, so schien es doch nur ein weiterer Versuch zu sein zu verhindern, dass ich die Wahrheit erfuhr.

»Du lässt nicht locker, oder? Egal, was ich dir an den Kopf werfe.«

»Genau. Also rede endlich.«

»Worüber? Über das Wetter?«

»Du schindest nur Zeit. Was hat dich so aufgeregt daran, dass ich dich gestern hier gesehen habe?«, fragte ich, um ihm den Einstieg zu erleichtern.

»Ich war gestern nicht hier.«

»Natürlich warst du da. Ich habe dich gesehen. Und ich habe auch gesehen, wie du zu meinem Apartment hochgesehen hast.«

»Scheiße.« Dylan stand auf und begann, im Zimmer hin und her zu laufen. Mit seinen langen Beinen benötigte er dafür nur wenige Schritte. Ich starrte ihn an und wünschte mir, ich könne in seinen Kopf sehen. Irgendetwas verheimlichte er mir. Etwas Heftiges.

»Was ist so schlimm daran, dass ich dich gesehen habe?«, bohrte ich weiter.

»Du verstehst mich nicht, Kylie. Ich war wirklich nicht da.«

»Doch …«

»Nein. Es muss jemand anderes aus der Gang gewesen sein.«

Gang?

Was?

Ich sprang auf, konnte ebenfalls nicht länger ruhig sitzen. Mein Gehirn erlitt offenbar einen kleinen Kurzschluss beim Verarbeiten dieser Information.

Naiv und dumm.

Das war also der Grund, weshalb Dylan mich so behandelte. Er hatte recht. Nie hätte ich gedacht, dass er wirklich gefährlich sein könnte. Obwohl er es mir von Anfang an gesagt hatte.

Dylan war vor mir stehengeblieben. Als ich meinen Blick hob, sah ich Mitleid in seinen Augen. Seine Worte passten wie üblich nicht dazu.

»Ah, jetzt kapierst du es. Ich habe dir gleich gesagt, dass du dich von mir fernhalten sollst.«

Ja, das hatte er. Da mein Gehirn wieder normal funktionierte, fiel mir etwas Wesentliches auf. Ich hatte mich von ihm ferngehalten, aber das war nur eine Spitzfindigkeit.

»Was ist denn das Problem daran, wenn jemand anderes aus deiner Gang hier war? Und welchen Grund könnte es dafür geben?«

Erstaunt sah Dylan mich an. Vermutlich hatte er nicht damit gerechnet, dass ich Zusammenhänge erkennen konnte.

»Kylie, ich habe niemandem von dir erzählt. Wenn du also recht hast und jemand hier war, dann bedeutet das nichts Gutes. Jemand muss mir unbemerkt gefolgt sein, dabei war ich so vorsichtig.«

»Also gibt es irgendwelche Rivalitätskämpfe bei euch«, mutmaßte ich. Offenbar traf ich damit ins Schwarze.

»Ja, ich bin ungewöhnlich schnell in der Hierarchie nach oben gestiegen. Das passt einigen nicht, die schon länger dabei sind.«

»Glückwunsch. Du bist also ein Topkrimineller.«

»Sarkasmus hilft uns hier nicht weiter. Wenn du recht hast und derjenige wirklich zu deinem Apartment hochgesehen hat, dann wissen die bei weitem mehr, als uns beiden lieb sein kann.« Dylan war noch angespannter als sonst. Er raufte sich die Haare und fluchte.

Als er mich wieder anschaute, konnte ich ihm den Widerwillen ansehen. »Wenn es stimmt, dann gibt es nur eine Möglichkeit.«

»Und welche?« Langsam gewann ich den Eindruck, dass mir nicht gefallen würde, was Dylan mir gleich sagte.

»Ich muss dich offiziell unter meinen Schutz stellen.«

»Was soll das bedeuten?« Seltsamerweise fiel mir nun ein, wie meine Cousine als Kind immer unsere Süßigkeiten angeleckt hatte, um einen Anspruch darauf zu erheben. ›Angeleckt ist meins‹, hatte sie dann immer gesagt. Aber das meinte Dylan wohl nicht.

»Ich werde dich offiziell als meine Freundin ausgeben, und du musst mitspielen.«

Das meinte er nicht ernst! Ungläubig sah ich ihn an.

»Ich meine es ernst, Kylie. Wenn ich das tue, bist du für die anderen tabu. So will es das Gesetz.«

»Das Gesetz?« Ich konnte mir ein hartes Lachen nicht verkneifen. »Weißt du, was mich dein sogenanntes ›Gesetz‹ mal kann? Das ist doch lächerlich.«

»Du musst mitspielen. Es ist zu deinem Schutz.«

»Und was, wenn nicht? Wenn ich eure albernen, selbstauferlegten Regeln nicht beachte? Dylan, für dich mag das ja, aus welchen Gründen auch immer, ernst sein, aber da mache ich nicht mit.«

»Doch, das wirst du.« Dylan kam einen Schritt auf mich zu. Meine Beine berührten bereits das Bett, sodass ich nicht weiter zurückweichen konnte. Das wollte ich aber auch gar nicht. Wollte er mich einschüchtern? Er konnte mich mal, und zwar kreuzweise.

»Kylie, sei doch vernünftig.«

»Vernünftig? Sei du doch vernünftig. Nur weil sich ein paar harte Jungs einige Regeln ausgedacht haben, werde ich mich doch nicht daran halten. Ich bin ein freier Mensch. Was du sagst, ist absurd. Es hat für mich keinerlei Bedeutung.«

»Ach, es hat für dich keine Bedeutung? Wenn ich es nicht tue, Kylie, dann bist du für die sogenannten harten Jungs Freiwild. Gut möglich, dass sie dir weh tun, nur um mir eins auszuwischen. Wie weit sie dabei gehen würden, kann ich kaum abschätzen. Dummerweise bist du echt attraktiv.«

Noch nie hatte es mich bei einem Kompliment derart gefröstelt. Ich konnte mir vorstellen, was er andeutete. Aber konnte das stimmen? Wenn nicht, weshalb sollte Dylan so etwas behaupten? Scheiße.

Scheiße, Scheiße, Scheiße.

»Ich muss darüber nachdenken.« Es klang so absurd. Wie war ich nur in diese Situation geraten? Das war doch nicht normal.

Dylan stöhnte frustriert auf und raufte sich die Haare. Als er sich mir wieder zuwandte, wirkte er fast verzweifelt. »Warum musst du denn so stur sein? Was gibt es denn da zu überlegen?«

»Du ziehst mich in eure Gangstreitigkeiten hinein und fragst ernsthaft, weshalb ich nicht jubelnd mitmache?«

»DU BIST LÄNGST EIN TEIL DAVON.« So barsch, ja sogar grob Dylan bisher auch mit mir gesprochen hatte, angeschrien hatte er mich noch nie.

Langsam ließ ich mich wieder auf die Matratze sinken. Alle Energie schien sich in Luft aufzulösen.

»Ich werde es tun, ob du willst oder nicht«, stellte Dylan klar.

»Und wie lange soll das deiner Meinung nach gehen? Wie weit soll es gehen?«

Dylan kniete sich vor mich und sah mir in die Augen.

»Ich würde dich nie zu etwas zwingen, Kylie.«

»Sagt der Mann, der mich gerade zwingen will, seine Freundin zu spielen.«

Dylan sah aus, als würde er mich gerne erwürgen. »Okay, ich konkretisiere. Ich werde dich niemals zu körperlichen Dingen zwingen. Und was den Zeitraum anbelangt. Sagen wir mal, ich hoffe, dass sie nach meiner Bekanntmachung schnell das Interesse an dir verlieren.«

Na, herzlichen Glückwunsch. Offenbar hatte ich den Jackpot gezogen. Weshalb nur hatte ich mein langweiliges Leben in Kansas verflucht und mir stattdessen ein großes Abenteuer in New York City gewünscht?

Kurz drauf verabschiedete Dylan sich. In meinem Kopf kreisten Gedanken wirr umher. War ich nun ebenfalls eine Kriminelle? Eine Mitwisserin? Was, wenn die einen Mord begingen und ich da automatisch mit drin hing?

Weshalb nur hatte ich mich nicht länger mit diesem Jurastudenten getroffen, als ich noch am College war? Ach ja, er war ein unglaublicher Langweiler gewesen.

Gerade sehnte ich mich nach Langeweile. Was konnte ich nur tun? Ich musste unbedingt Lucy anrufen. Zögernd ließ ich mein Smartphone wieder sinken. Durfte ich sie da mit hineinziehen? Nein. Die Frage war eher, konnte ich ihr etwas vormachen?

Ich musste Zeit gewinnen.

Dylan hatte seine Nummer in mein Smartphone eingespeichert und mir eingetrichtert, dass ich mich sofort melden sollte, wenn mir etwas auffällig oder verdächtig vorkam.

Im Gegenzug hatte ich verlangt, dass er mir Bescheid sagte, wie es mit seiner ›Bekanntmachung‹ gelaufen war. Irgendwie konnte ich immer noch nicht fassen, in was ich da hineingeraten war. Andererseits hatte ich so Gelegenheit, Zeit mit Dylan zu verbringen. Ich schalt mich selbst eine Närrin. Dylan war in einer Gang. Er war ein Verbrecher. Wer wusste schon, was er alles getan hatte, um so schnell in der Ganghierarchie aufzusteigen?

In good old Kansas wäre ich nicht in diesen Schlamassel geraten. Es musste eine Möglichkeit geben, dem zu entkommen. Vermutlich sollte ich sofort zur Polizei gehen. Die konnte doch sicher besser für meinen Schutz sorgen als Dylan.

Da fiel mir einer von Mollys Artikeln wieder ein, den sie mir zum Lesen gegeben hatte. Es ging darin um Gangs und die Machtlosigkeit der Polizei. Sie hatte gesagt, dass sie viel Arbeit und Recherche in diesen Artikel gesteckt hatte und Orsen sich trotzdem geweigert hatte, den zu veröffentlichen. Er sei zu wenig handfest, hatte er Molly gesagt. Sie war deswegen immer noch ziemlich sauer, obwohl es schon einige Wochen her war. Molly. Sie kannte sich also mit den örtlichen Gangs aus. Vielleicht konnte ich von ihr mehr Informationen bekommen, bevor ich eine falsche Entscheidung traf.

MY RIDICULOUS NORMAL LIFE
Plauder-Blog von Kylie Roberts

Manchmal fühlt man sich, als wäre man genau am richtigen Ort, zur richtigen Zeit, und dass man alles erreichen zu kann. Man ist im Flow und sprüht vor Energie. Alle Sorgen sind wie weggeblasen.

Heute ist nicht so ein Tag für mich.

Leider.

Macht es gut.

Eure Kylie xx

15

Dylan

Wütend schlug ich immer und immer wieder auf den Sandsack ein. Der Schweiß rann mir inzwischen aus jeder Pore, meine Schläge hatten an Kraft verloren. Aber die Wut, ja, der Hass auf Ty aber auch auf mich selbst hatte sich nicht gelegt. Je länger ich darüber nachdachte, welche Auswirkung meine alberne Schwärmerei für dieses Mädel haben konnte, desto schlimmer wurde es.

Ich trug die Verantwortung. Was auch immer nun passierte, es war meine eigene verdammte Schuld. Das Schlimme daran war – ich musste schnell handeln, aber ich durfte keinen Fehler machen. Als ich aus Kylies Apartment gestürmt war, wäre ich am liebsten direkt zu Ty und hätte ihn eigenhändig umgebracht. Aber selbst, wenn ich es in mir hätte, so etwas zu tun, es hätte vermutlich gar nichts gebracht. Die Gang zu leiten war nie mein Wunsch gewesen. Auch wenn Ty unbedingt wollte, dass ich das Jugendhaus offiziell als sein Stellvertreter übernahm, das kam nicht infrage. Ich wollte da raus und nicht immer tiefer hineingezogen werden. Ty schien das zu spüren. Mir war klar, dass er mich nicht einfach so würde gehen lassen. Deshalb hatte ich vor langer Zeit einen Deal ausgehandelt, und den hatte ich schriftlich. Ich konnte mich freikaufen, wenn ich je ein anderes Leben anfangen wollte. Aber die Summe war absurd hoch. Der verwöhnte Bengel, der ich gewesen war, hatte das nicht so gesehen. Aber mit ehrlicher Arbeit konnte das nicht gelingen.

Mir war klar, dass Ty den Deal ignorieren konnte. Ich musste einfach hoffen, dass er einen Funken Ehre in sich trug. Immerhin war er ein Geschäftsmann, und ein Deal war ein Deal.

Endlich hatte ich durch meinen alten Kumpel Nate einen Weg gefunden, wie ich möglicherweise an das Geld rankam, auch wenn er keine Ahnung hatte, in was für einer Lage ich mich befand. Früher war er wie ein Bruder für mich gewesen, nun dachte er, ich würde ein bescheidenes, aber gewöhnliches Leben im Hause meiner Tante führen. Nie hätte ich es über mich gebracht, ihm oder den anderen Jungs von früher die Wahrheit über mich zu erzählen.

Wenn das Leben gerecht wäre, dann wäre meine Leben als Street Knife bald Geschichte. Aber nun musste ich erst mal auf Kylie aufpassen.

Von den Jungs ganz zu schweigen. Für das Problem hatte ich keine Lösung gefunden. So sehr ich es versuchte, so sehr ich mir mein Gehirn zermarterte, es gab keine Möglichkeit. Ich musste sie im Stich lassen und später versuchen, sie da irgendwie rauszuholen. Aber dann wäre ich in ihren Augen vermutlich längst ein Verräter, und sie würden keine Hilfe mehr annehmen wollen.

Wie ich es auch drehte und wendete, es gab keine saubere Lösung. In wenigen Tagen musste ich aufbrechen. Fliegen ginge wesentlich schneller, aber das kam aktuell nicht infrage. Ich konnte nicht riskieren, von den Sicherheitsbehörden festgehalten zu werden. Ein Backgroundcheck würde sicher nicht sonderlich gut ausgehen. Zwar hatte man mir nie etwas nachweisen können, aber den einen oder anderen Kontakt hatte es mit der Polizei natürlich gegeben im Laufe der Jahre.

Verpfiffen hatte ich nie jemanden. So hatte ich mir nach und nach Tys Vertrauen verdient. Er konnte nicht wissen, dass ich nicht aus Loyalität geschwiegen hatte, sondern weil ich Typen wie ihn kannte. Ehrgeizig, skrupellos und machthungrig.

Er trat als seriöser Geschäftsmann auf. Wenn man nicht etwas Handfestes hatte, musste man zudem das Glück haben, bei einem Bullen zu landen, den er nicht schmierte. Überall hatte er Kontakte – in der Wirtschaft, der Politik, bei den Reichen und Schönen. Genau wie mein Vater, er war auch überall ein- und ausgegangen, hatte Kohle gescheffelt und sie genauso gerne wieder ausgegeben. Mein Vater hatte zwar nicht so viel Dreck am Stecken wie Ty, aber sie waren sich so ähnlich, dass mir manchmal übel wurde.

Tys Akte war offiziell sauber, nicht das kleinste Stäubchen drauf zu sehen. Wem hätten die Cops also geglaubt?

Keine Chance hätte ich bei einer ehrlichen Aussage gehabt. Also hatte ich geschwiegen, bis ich fast daran erstickt wäre. Und nun war Kylie in Gefahr. Sie hatte etwas so Zartes, so Unschuldiges an sich, dass ich den Gedanken nicht ertragen konnte, dass ihr etwas passieren würde.

Es ergab keinen Sinn, weiter Zeit zu vergeuden. Ich musste es tun, ob es Kylie nun passte oder nicht. Sie brauchte meinen Schutz, und das so schnell wie möglich. Noch bevor ich die Stadt verließ, musste es offiziell sein.

Kylie

Seit zwei Tagen hatte ich nichts mehr von Dylan gehört. Seit er meine Wohnung verlassen hatte, um unsere Fake-Beziehung bekanntzugeben.

Er war wohl nicht der zuverlässige Typ. Innerlich schwankte ich zwischen der Sorge, dass ihm etwas passiert war und der Verärgerung darüber, dass ich mir überhaupt Sorgen um ihn machte und generell zu viel und zu oft an ihn dachte.

Daran, wie alles an ihm strahlte, wenn er lachte. Daran, wie selbstvergessen er aussah, wenn er in Gedanken versunken war. Daran, welchen Aufruhr es in mir auslöste, wenn er mir tief in die Augen sah. Doch all das sollte ich vergessen. Ich sollte Dylan vergessen.

Er war in einer Gang. Er war kriminell. Dass er nun mit mir in Verbindung stand, konnte mein ganzes Leben versauen. Trotzdem tat ich mich schwer damit, unser Kennenlernen zu bereuen. Ja, dämlich, ich weiß.

Lucy war der Ansicht, dass ich nicht zur Polizei gehen sollte. Natürlich hatte ich all das nicht vor ihr verheimlichen können. Sie hatte sofort bemerkt, dass etwas nicht stimmte. Sie war erstaunlicherweise eher fasziniert als besorgt. Das war äußerst ungewöhnlich für sie. Vermutlich war sie so davon geblendet, dass ich nun wirklich in Kontakt mit Dylan stand und möglicherweise seine Fake-Freundin war, dass sie alles andere ausblendete. Sie war richtig aus dem Häuschen gewesen. Ein Blick auf mein Handy verriet mir, dass Dylan sich immer noch nicht gemeldet hatte. Dafür hatte Lucy eine weitere Verschwörungstheorie.

Davon hatte ich bereits unzählige von ihr erhalten. Dieses Mal vermutete sie, dass er dem Papst half, eine geheime Verschwörung der Osterhasen aufzudecken.

Inzwischen hatte ich es aufgegeben ihr zu erklären, dass er nicht der Held war, als den sie ihn gerne sehen würde. Weshalb verstand sie nicht, dass Dylan der Böse war? Es stimmte, auch wenn es selbst mir schwerfiel, das zu glauben. Es entsprach der Wahrheit.

Molly hatte mir alle Ergebnisse ihrer Recherche zu dem unveröffentlichten Gang-Artikel gegeben. Nach dem ersten Zögern hatte sie sich offenbar so über mein Interesse gefreut, dass sie gar nicht fragte, was der Hintergrund dafür war. Zum Glück. Je weniger Leute davon wussten, umso besser.

Dank Mollys Notizen wusste ich nun, wie die Gang hieß, in der Dylan war. Die *Street Knives*. Das Logo bestand aus zwei gekreuzten Messern in einem Kreis, natürlich hatte ich es bereits zuvor gesehen. Dylan trug es gut sichtbar auf seiner Lederjacke. Nur hatte ich mir bisher keine Gedanken darüber gemacht.

Es hatte eine ganze Weile gebraucht, bis ich diese Information verdaut hatte. Dylan war in einer Gang. Einer klassischen New Yorker Street Gang. Offenbar handelten sie, laut Mollys Unterlagen, hauptsächlich mit Drogen und Informationen.

Dylan wirkte nicht wie jemand, der aus schlechten Verhältnissen kam und sich durch die Umstände gezwungen fühlte, in eine Gang einzutreten. Sein Auftreten, aber auch seine Art zu reden, sein Wortschatz, all da passte so gar nicht in dieses Bild. Also musste er aus purer Lust und Laune dort sein. Lucy war dennoch Feuer und Flamme gewesen, als ich ihr davon erzählte. Sie hatte darauf bestanden, mir bei der Sichtung der Unterlagen quasi über die Schulter zu sehen. Ein Hoch auf die Technik. Sie war dabei zum Glück unerwartet hilfreich gewesen.

Ihr war ein Jugendtreff aufgefallen, der immer mal wieder am Rande erwähnt wurde. Offenbar versuchte der Leiter dort, die Jugendkriminalität in den Griff zu bekommen.

Es waren erstaunlich viele »seiner« Jungs durch kriminelle Aktivitäten aufgefallen. Entweder hatte er also ein Händchen dafür, die richtigen Kids anzusprechen, oder er hatte selbst Dreck am Stecken. Natürlich vermutete Lucy letzteres.

»Sieh dir sein Bild an«, hatte sie mich aufgefordert. Diesen kalten Blick könne niemand haben, der Kindern helfen wollte. Auf sein charmantes Lächeln fiel Lucy nach eigenen Angaben nicht herein. Mir wurde beim Blick auf das Bild ganz anders, denn diesen Mann kannte ich. Erst vor kurzem hatte ich seine Hand geschüttelt. Tyson Bennett.

Konnte das stimmen? Auch Molly schien ihm nicht zu trauen.

Diese Recherche ließ mich frösteln. Wenn Bennett also tatsächlich nicht der Heilige war, der er vorgab zu sein – wem gelang es sonst noch, so ein Doppelleben zu führen?

Wem konnte man überhaupt trauen? Langsam wurde ich paranoid und vermutete, überall getäuscht zu werden. Die ältere Dame im Supermarkt vor mir an der Kasse … War sie Inhaberin einer verbotenen Spielhölle, die zur Geldwäsche genutzt wurde? Wer zeigte überhaupt sein wahres Gesicht? Ja, meine Phantasie ging definitiv mit mir durch. Aber diese ganze Ganggeschichte, all das kam mir so fremd vor. So etwas gab es doch nur im Film, aber nicht im echten Leben. Nicht in meinem Leben.

»Kylie, wo bist du denn schon wieder mit deinen Gedanken?« Molly sah mich spöttisch von der Seite an.

»Sorry, ich habe nur gerade an zu Hause gedacht«, log ich.

»Oh, hey. Du vermisst bestimmt deine Freunde und deine Familie.« Sie tätschelte mir die Schulter. Dann breitete sich ein Lächeln auf ihrem Gesicht aus.

»Lass uns heute Abend feiern gehen. Ich kenn da einen neuen Club. Der wird dich auf andere Gedanken bringen.«

Nach der Arbeit ging ich mit zu Molly nach Hause. Sie hatte darauf bestanden, dass wir uns etwas zu essen bestellten und uns dann gemeinsam chic machten. Mollys Apartment war so anders als meines. Es war stilvoll und doch gemütlich eingerichtet. Sie hatte offenbar eine Schwäche für Nippes. Da ansonsten eher klare Linien durch Beton und Holz zu finden waren, wirkte es aber nicht kitschig oder überladen. Der Stilbruch war gelungen. Mollys Wohnung hatte ich mir viel chaotischer vorgestellt.

Und ihren Kleiderschrank hatte ich mir kleiner vorgestellt. Wesentlich kleiner. Meiner passte da geschätzt fünfmal rein, mindestens. Dafür passte ich jedoch kaum in diesen engen Fummel, den Molly Kleid nannte.

Wie sollte ich da hineinkommen oder darin laufen, ohne dass jemand meinen Slip sah? Molly lachte mich aus.

»Mädel, du bist nun in New York, du siehst toll aus, also zeig es auch.« Sie betrachtete sich und ihr Outfit im Spiegel. Meine Kollegin sah super aus, ihr Make-up war deutlich stärker als im Büro.

Mich wollte sie ebenfalls schminken, sobald sie wusste, was ich anziehen würde.

»Molly, das ist viel zu bunt und zu wild gemustert für mich. Ich bin eher so der Uni-Typ.«

»Okay, dann nimm das hier. Es wird dir wunderbar stehen, und das kleine Schwarze ist immerhin ein Klassiker.«

Nachdem ich mich noch mal umgezogen hatte, beäugte ich mich misstrauisch im Spiegel. Aber das Kleid war schön. Es stand mir überraschend gut. Es betonte meine Kurven, ohne aufzutragen. Es war sexy, schrie aber nicht »Nimm mich«.

Nachdem Molly mir dramatisches Make-up mit Smokey Eyes verpasst und wir noch ein paar alberne Selfie gemacht hatten, rief sie uns ein Taxi.

Auf der Fahrt lud ich einige der Bilder gleich in meinen Blog hoch. Auf die Reaktionen war ich jetzt schon gespannt. So kannten mich meine Follower bisher nicht. Molly hatte es geschafft, dass ich mich in diesem Partyoutfit wohlfühlte und sogar Lust hatte, zu feiern. Einen weiteren Abend grübelnd zu Hause sitzen konnte ich auch morgen noch. Die Ablenkung würde mir guttun. Ich freute mich auf den Club und war gespannt darauf, zu sehen, wie echte New Yorker Partys feierten.

»Erwartest du eine Nachricht?«, fragte Molly.

Ertappt ließ ich mein Handy sinken.

»Nein, ich wollte nur schauen, welche Reaktionen wir auf unsere Selfies bekommen.« Mist, mein Lügenkonto musste heute ganz schön was einstecken.

»Mir machst du nichts vor. Es geht um einen Jungen, oder?«

Zwar würde ich Dylan nicht gerade als Jungen bezeichnen, aber natürlich hatte Molly ins Schwarze getroffen.

In der Mittagspause hatte ich mir einen Ruck gegeben und Dylan eine Nachricht geschrieben. Da ich nicht wusste, was ich eigentlich schreiben wollte und auch nicht wusste, wer sonst so mitlas, hatte ich eine unglaublich bescheuerte Nachricht geschickt.

Ich war in der Rolle der Freundin geblieben und hatte geschrieben ›Hey, Dylan, habe gar nichts mehr von dir gehört, ich dachte, dass mit uns sei etwas Ernstes.‹

Natürlich waren mir danach ungefähr tausend Dinge eingefallen, die besser gewesen wären. Um Welten besser. Vermutlich gab es nichts Bescheuerteres als das, was ich geschrieben hatte. Das klang nach einem anhänglichen One-Night-Stand. Schöner Mist. Aber gut, nun war es zu spät.

Zum Glück teilte uns der Taxifahrer mit, dass wir angekommen waren. So war Molly abgelenkt und fragte nicht weiter nach dem ›Jungen‹. Der Fahrer warnte uns eindringlich, vorsichtig zu sein. Die Bronx sei immer noch die Bronx. Ich hatte nicht verstanden, weshalb wir unbedingt hierher gehen mussten, aber was wusste ich schon über die neusten und angesagtesten Clubs?

Der Club zog Unmengen von Leuten an. Molly und ich wurden trotzdem problemlos vom Türstehen durchgewunken. Drinnen war es viel zu heiß und zu voll für meinen Geschmack. Aber die Stimmung war gut, geradezu ausgelassen. Also ließ ich mich davon anstecken. Nach einem sündhaft teuren Cocktail konnte mich Molly sogar überreden, mit ihr auf die Tanzfläche zu gehen.

Meistens war ich viel zu gehemmt. Aber hier kannte mich niemand, außer meiner wunderbar verrückten Kollegin, die sich selbst keine Gedanken darüber zu machen schien, was andere über sie dachten. Vielleicht ging dieses Selbstbewusstsein auf mich über, wenn ich nur genug Zeit mir ihr verbrachte.

Inzwischen fand ich ihre Idee, einfach spontan auszugehen, richtig gut. Sollte Dylan doch bleiben, wo er hergekommen war. Wer war er überhaupt? Nur so ein sexy Kerl, der mir nicht aus dem Kopf ging. Vielleicht hatte er mich auch nur verarscht. Vielleicht saß er gerade mit seinen Kumpels irgendwo und lachte über das naive Mädel vom Land, das ihm die Gang Geschichte einfach abgekauft hatte.

Instinktiv wusste ich, dass das nicht stimmte. Alles, was er mir gesagt hatte, passte zu Mollys Recherchen. Das konnte kein Zufall sein.

»Alles okay?«, fragte Molly.

»Na klar, ich muss nur schnell zur Toilette.« Inzwischen ging das mit den Notlügen fast von allein. Molly wollte mich begleiten, aber ich versicherte ihr, dass sie ihren Flirt mit diesem Bankertyp weiterführen könnte. Ich verstand zwar nicht, was sie an dem fand, aber das war ja ihre Sache.

Ich drängte mich durch die Menschenmassen und ging in die Richtung, die Molly mir gewiesen hatte. Erleichtert trat ich in einen Flur, der etwas ruhiger war. Eine endlos wirkende Schlange führte zur Damentoilette. Mist. Zum Glück musste ich nicht wirklich pinkeln.

Nachdem ich schon eine ganze Weile wartete, ohne, dass die Schlange kürzer wurde überlegte ich, ob ich einfach zu Molly zurückgehen sollte, während ich wieder mal einen Blick auf mein Handy warf. Von Dylan hatte ich immer noch nichts gehört.

Dafür hatte ich unglaublich viele Likes und Kommentare für meine Selfies mit Molly bekommen.

Da viele neugierig nachfragten, in welchem Club wir waren, fotografierte ich das Logo, das die Wand neben mir zierte und postete auch das. Es waren einfach zu viele Kommentare, als dass ich die einzeln beantworten könnte. Sicher hatten die Leute Verständnis dafür.

»Hey, Süße.« Automatisch hob ich meinen Kopf und sah in ein grobes, unangenehmes Gesicht. Ein gehässiges Grinsen zierte einen schmallippigen Mund. Die Haare waren kurz geschoren, und der Blick in den Augen des Fremden war kalt. Was mich jedoch trotz der Hitze in diesem Club frösteln ließ, war die Tatsache, dass ich das Logo auf seiner Jacke inzwischen sehr gut kannte. Die beiden gekreuzten Messer in dem dunklen Kreis wiesen diesen fies aussehenden Kerl als Mitglied der *Street Knives* aus. Umgab sich Dylan ernsthaft freiwillig mit solchen Typen? Dylan hatte mich gewarnt, dass diese Kerle mich als Freiwild sehen würden, wenn ich nicht mitspielte und seine Freundin mimte.

»Hat es dir die Sprache verschlagen?« Sein Grinsen wurde noch breiter. »Ich habe gehört, du bist Dylans neue Schlampe.« Er leckte sich über die Lippen. Ein flaues Gefühl breitete sich in meinem Magen aus.

»Bist nicht allzu gesprächig, was? Na, das macht nichts. Scheinst ja andere Qualitäten zu haben.«

Mist, der verzog sich nicht von alleine wieder. Was konnte ich nur tun? Die umstehenden Leute schienen nicht sehr hilfsbereit zu sein.

»Was willst du?«, fragte ich und versuchte, meine Stimme dabei so fest wie möglich klingen zu lassen.

»Oh, du hast ja doch Feuer unterm Hintern. Bald wird Dylan dich links liegen lassen, dann statte ich dir gerne einen Besuch ab.«

Verflucht, das war gar nicht gut. Wollte er mich nur einschüchtern, oder war ich nun ewig auf Dylan angewiesen?

Mein Fakefreund war von der Situation ja auch nicht besonders angetan gewesen.

»Ja, ich sehe das rebellische Funkeln in deinen Augen. Du tust jetzt so brav, aber dieses Kleid hast du doch nur angezogen, um Kerle scharfzumachen. Vielleicht ist das mit Dylan und dir doch nicht so ernst.« Bei diesen Worten kam er mir noch näher. Ich wich unwillkürlich einen Schritt zurück. Schon stand ich mit dem Rücken an der Wand.

»Bist du Dylan schon leid und auf der Suche nach einem richtigen Kerl? Süße, das kannst du gerne haben.«

Panik machte sich in mir breit. Ich musste hier weg. Instinktiv wusste ich, dass ich keine Angst zeigen durfte. Ein

Hilferuf würde hier rein gar nichts bringen. Ich war auf dem Territorium der *Street Knives*. Sicher würde sich keiner freiwillig mit denen anlegen.

Der Kerl beugte sich vor und kam mir immer näher. Ich konnte seinen Geruch nach altem Schweiß und schalem Bier riechen. Mein Magen rebellierte.

»Deine kleine Muschi gehört mir«, flüsterte er direkt in mein Ohr.

Ich musste gegen die aufsteigende Übelkeit ankämpfen, und auch dagegen, dass mir Tränen in die Augen stiegen. Ich versuchte, flach zu atmen und mein rasendes Herz unter Kontrolle zu bekommen. Nur nicht in Panik ausbrechen.

Überraschend taumelte er zurück. Ich konnte mein Glück kaum fassen, als ich Dylan hinter ihm sah. Er hatte den Widerling von mir weggezogen, und ich bekam endlich wieder Luft. Mit einem lauten, knirschenden Geräusch traf Dylans Faust auf die Nase des Kerls, aus der sofort Blut schoss.

Dann war Dylan bei mir und nahm mich in den Arm. Auch wenn ich ihn nicht so gut kannte und genau genommen erst durch ihn in diese Situation geraten war, half die Umarmung, meine Panik langsam abebben zu lassen.

Als ich mich von Dylan löste, nahm er mein Gesicht in beide Hände und sah mich forschend an.

»Hat dir Keith was getan?«

Ich schüttelte den Kopf.

»Bist du sicher? Was hat er zu dir gesagt?«

Ich schüttelte den Kopf. Ich wollte nicht darüber reden. Bei dem Gedanken daran, wie anders das eben hätte ausgehen können, traten mir erneut die Tränen in die Augen.

Dylan drückte mich wieder an sich und küsste mich sanft auf meinen Scheitel.

Sein Geruch hüllte mich ein, und ganz plötzlich fühlte ich mich sicher. Die Geräuschkulisse verschwand, die anderen

Leute, die uns neugierig angafften, nahm ich nicht mehr wahr. Dylan verschaffte mir etwas Frieden, dafür war ich ihm dankbar.

»Es tut mir so leid, Kylie.«

»Schon okay«, murmelte ich. Das war es zwar nicht, es war ganz und gar nicht okay, was ich da gerade erleben musste. Aber Schuldzuweisungen halfen niemandem.

»Meinst du, dass du mir jetzt sagen kannst, was eben vorgefallen ist?«

Ich nickte müde. Jetzt, wo die Anspannung nach und nach von mir abfiel, hatte ich das Gefühl, als wären alle meine Energiereserven schlagartig aufgebraucht.

Da dieser Ort so gut war wie jeder andere und man hier im Vergleich zum Hauptbereich wenigstens ungestört reden konnte, ließ ich mich einfach an der Wand nach unten sinken.

Dylan setzte sich ohne zu zögern zu mir auf den Boden.

Nachdem ich meine kurze, aber dennoch furchterregende Begegnung mit Keith geschildert hatte, konnte Dylan nicht mehr stillsitzen. Er sprang auf und lief vor mir auf und ab.

Ich hatte wieder einmal nicht die leiseste Ahnung davon, was in ihm vorging. Mir fehlte im Moment die Kraft, ihn zu löchern. Denn es gab mindestens tausend Fragen, die ich ihm stellen wollte. Die ich ihm stellen musste. Aber ich schwieg.

»Kylie, da bist du ja.« Molly war gekommen, um mich zu suchen. Ich konnte sehen, wie sie versuchte, die Situation richtig einzuschätzen. Sie hatte ich bei dem ganzen Drama einfach vergessen.

»Ist alles in Ordnung?«, wollte sie misstrauisch wissen.

Langsam erhob ich mich und nickte.

»Das ist deine Freundin, oder? Vertraust du ihr?«, fragte Dylan mich. Er sprach so eindringlich, dass Molly irritiert die Stirn runzelte.

»Ja, wir sind zusammen hier.«

»Gut.« Er wandte sich Molly zu.

»Du wohnst nicht in der Bronx richtig?«

»Nein, in Manhattan. Was geht dich das an?«

»Ich fürchte, Kylie ist in Gefahr. Kann sie heute Nacht bei dir bleiben?«

Fassungslos sahen wir ihn beide an.

»Kylie, was ist hier los?«

Wenn ich das nur selbst wüsste.

»Ich ...«

»Du bist bei den *Knives*?« Molly funkelte Dylan an und pikte ihm mit ihrem spitzen Zeigefinger in die Brust. »Hast du sie in Schwierigkeiten gebracht?«

»Nein, Molly so ist das nicht ...«, begann ich, aber Dylan unterbrach mich.

»Doch, Kylie, genauso ist es, verdammt.« Er raufte sich die langen Haare.

»Kann sie bei dir bleiben?«, fragte er Molly noch mal.

»Natürlich, ich passe auf sie auf. Was ist denn eigentlich los?«

Irgendwie kam es mir sehr seltsam vor, dass die beiden so über mich sprachen. Als wäre ich nicht anwesend und hätte kein Mitspracherecht.

»Das werde ich herausfinden«, versprach Dylan, bevor er sich mir zuwandte.

»Bist du morgen im Büro? Wann machst du Mittagspause?«

»Weshalb?«

»Weil wir reden müssen. Ich muss noch ein paar Dinge klären, aber bis morgen Mittag müsste ich das hinbekommen.«

»Dann erklärst du mir alles? Warum ich in den letzten beiden Tagen nichts von dir gehört habe? Was das vorhin zu bedeuten hatte und noch etwa ein Dutzend andere Dinge?«

»Ja, aber das geht hier nicht und ich brauche selbst noch mehr Infos.«

»Versprichst du mir, dass du kommst?«

»Ich tue alles, was in meiner Macht steht.«

»Was auch immer das bedeutet«, brummte ich sarkastisch.

»Ach, und das ist keine Story, kapiert?« Dylan sah erst Molly und dann mich an.

»Komm mal wieder runter.« Molly ließ sich nicht so leicht einschüchtern.

»Seid ihr auf eine Story aus?« Misstrauisch blickte Dylan wieder von mir zu Molly.

»Das sind wir immer.« Molly zwinkerte ihm zu. »Aber keine Sorge. Wir sind nicht hinter euch her, zumindest noch nicht.« So charmant konnte also eine Drohung verpackt werden. Molly war einfach die Beste.

»Ich warte morgen um 12 beim Haupteingang«, versprach Dylan mir nach kurzem Zögern.

Ich nickte wenig überzeugt.

»Hey, ich werde das klären. Pass auf dich auf.« Dann zog er mich wieder an sich und küsste mich auf den Scheitel, wie er es vorhin bereits getan hatte.

Molly und ich riefen ein Taxi, das uns zurück nach Manhattan bringen würde. Auf der Fahrt sprachen wir kaum miteinander. Ich hing meinen Gedanken nach.

Noch konnte ich nicht ganz verstehen, was hier eigentlich geschah. Gerade war ich noch in Kansas auf einer Farm gewesen, und nun glich mein Leben in kürzester Zeit einem schlechten Film. Zumindest schlecht für mich. Denn wenn der Widerling Keith seine Drohungen wahrmachen wollte, dann musste ich untertauchen. Das klang so surreal, dass ich gar nicht darüber nachdenken konnte. Wie hoch war die Chance für ein Missverständnis? Hatte Dylan unsere Fakebeziehung noch gar nicht bekanntgegeben? Wenn ja, was hatte ihn davon abgehalten? Und wenn er es doch getan hatte, weshalb war ich dann nicht geschützt, wie er es zugesagt hatte?

Diese und viele weitere Fragen stellten Molly und ich uns in dieser Nacht. Natürlich hatte ich ihr alles erzählen müssen, bis ins letzte Detail. Dabei hatte ich meine Gedanken wieder ordnen können, aber schlau wurde ich daraus trotzdem nicht. Molly wirkte sichtlich beunruhigt und nachdenklich. Sie hatte uns Kaffee gemacht, um einen klaren Kopf zu bekommen.

Sie hielt irgendetwas vor mir geheim. Auch wenn es mich stören sollte, war ich insgeheim dankbar. Was auch immer es war, ich hatte genug andere Sorgen.

Irgendwann einigten wir uns darauf, dass wir den nächsten Tag abwarten würden. Je nachdem, was Dylan zu sagen hatte würden wir entscheiden, wie es weiterging. Molly versicherte mir, dass ich ihr Gästezimmer so lange nutzen konnte, wie ich wollte.

17

Kylie

Am nächsten Morgen sah die Welt immer noch nicht besser aus. Der Schlafmangel und die ganze angespannte Situation sorgten dafür, dass meine Nerven blank lagen.

Trevor schien es mir anzusehen. Er grinste hinterhältig, als er mich wieder einmal mit der Liste losschickte, um die Essenswünsche der Kollegen zu besorgen.

Auch wenn ich neben mir stand, wusste ich inzwischen, wie mies er sein konnte. Schon beim Anblick seiner gelackten Frisur musste ich ein genervtes Stöhnen unterdrücken. Als ich im Aufzug nach unten fuhr, sah ich mir die Liste genau an.

Zum Glück, denn Kevins Nussallergie war mir bekannt. Wollte Trevor wirklich riskieren, dass ich den Kollegen ins Krankenhaus brachte? Das war sogar für ihn echt heftig.

Ich besorgte die Sachen und zusätzlich den Schokoriegel, den Dean jeden Tag aß.

Trevor ließ ich links liegen und verteilte die Sachen selbst an die Kollegen, sicher war sicher.

Zurück bei Molly konnte sie nicht fassen, zu welchen Mitteln Trevor inzwischen griff. »Dieser kleine, manipulative Mistkerl. Dem werde ich …«

»Nein, das ist zwar lieb von dir, aber ich muss lernen, meine Kämpfe selbst zu kämpfen.«

Molly gab nach. Ich konnte ihr zwar ansehen, dass es sie einige Zurückhaltung kostete, aber sie schien meinen Wunsch zu verstehen.

Später begleitete ich Steven zu einem Interviewtermin. Ich konnte mich kaum konzentrieren. Irgendeine Info musste ich verpasst haben. Also hatte ich keine Ahnung, wohin wir gingen und wie lange es dauern würde. Ich konnte nur hoffen, dass ich bis zum Mittag wieder zurück sein würde. Zumindest, falls Dylan dieses Mal Wort hielt und tatsächlich auftauchte. Im Moment gab es definitiv zu viele Dinge in meinem Leben, auf die ich keinen Einfluss hatte.

Normalerweise hätte ich mich unglaublich gefreut und wäre vor Aufregung fast vergangen. Das erste Interview für eine echte Zeitung. Wie oft hatte ich von solchen Dingen geträumt? Dinge, die so alltäglich für meinen Traumberuf waren. Hatte mir ausgemalt, wie es laufen würde, hatte mich in Gedanken schon als echte Journalistin gefühlt. In meiner Vorstellung war ich selbstverständlich perfekt vorbereitet, sah professionell aus und konnte dem Interview sogar durch meine eigenen Fragen eine besondere Note geben.

Die nüchterne Realität sah so dramatisch anders aus, dass ich am liebsten geweint hätte.

Wie sich herausstellte, war Stevens Gesprächspartner ein ehemaliger Hedgefonds-Manager, der nun in den Vorstand eines aufstrebenden, neuen Finanzdienstleisters aufgestiegen war.

Es war ein arroganter Schnösel, der sich selbst zu wichtig nahm. Bevor das Interview beginnen konnte, bestand er darauf, dass Steven es allein führte. Ich musste in einem modernen, geradezu steril wirkenden Wartebereich platznehmen.

Nachdem meine erste Wut und Enttäuschung abgeklungen waren, versuchte ich, es positiv zu sehen. Heute war ich definitiv nicht fit und völlig unvorbereitet. Dank dieses aufgeblasenen Machos wäre das nun doch nicht mein erstes richtiges Interview. Mein nächstes erstes Interview konnte nur besser werden. Das redete ich mir zumindest ein.

So wie die Dinge sich entwickelten, schien meine Zeit in New York ein Ablaufdatum zu haben. Mein Traum drohte wie eine Seifenblase zu zerplatzen. Schnell blinzelte ich die aufsteigenden Tränen weg. Ich hatte so sehr gehofft, dass ich nach meinem Praktikum einen Job bekommen und mich hier richtig zu Hause fühlen würde. Aber weder das eine noch das andere schien sich zu bewahrheiten.

Orsen konnte mich nicht leiden. Trevor boykottierte mich, die meisten Kollegen ignorierten mich. Von Dylans Gang drohte Gefahr. Mir schwirrte der Kopf. Ich war müde und wollte mich einfach irgendwo verkriechen. Zu Hause wäre ich nun zum Teich gegangen und hätte die Enten gefüttert. Das hatte schon immer eine beruhigende Wirkung auf mich gehabt.

Seitdem Marco weg war, hatte mein Großvater sogar ein Zelt dort aufgebaut, und meine Eltern überredeten mich, zwei Tage dort zu bleiben. Meine Mutter kam immer wieder, um nach mir zu sehen und mir Essen zu bringen.

Mein Vater war abends gekommen, hatte sich mit Abstand auf einen der großen Steine gesetzt und mir auf seiner Gitarre vorgespielt. Die Erinnerung war genauso schön wie schmerzhaft.

Ich schluckte den Kloß in meinem Hals hinunter und riss mich zusammen. Mir war klar, dass ich kaum in der Stadt angekommen war. Es war unrealistisch zu denken, dass sich in der kurzen Zeit, in der ich nun hier war, alles von allein regeln würde. So schnell würde ich nicht aufgeben.

Ich begann, ein bisschen über den Mann zu recherchieren, den Steven gerade interviewte, aber das nahm nicht viel Zeit in Anspruch. Also führte ich eine Recherche fort, die ich für Molly begonnen hatte.

Bisher hatte ich meine Arbeitszeit fast ausschließlich mit Molly verbracht. Es war jeden einzelnen Tag spürbar, wie sehr sie ihren Job liebte, auch wenn sie ständig fluchte.

Nach einer Weile überkam mich eine tiefe Müdigkeit. Nach den Ereignissen der letzten Nacht hatte ich kaum ein Auge zugetan. Es war so beängstigend. Fast konnte ich Keiths üblen Atem noch auf meinem Gesicht spüren.

Mir war immer noch schleierhaft, in was ich da genau hineingeraten war. Wollte mir dieser Keith nur Angst machen? Wollte er Dylan provozieren? Oder steckte ich ernsthaft in der Klemme?

Ich konnte nur hoffen, dass Dylan das irgendwie regeln würde. Um mich zu beruhigen, begab ich mich auf die Suche nach der Toilette.

Im Spiegel sah mir mein ungewohnt blasses Gesicht entgegen. Schnell spritzte ich mir etwas Wasser ins Gesicht, aber das würde gegen die Augenringe nicht helfen. Trotz Mollys Hilfe hatte ich die nicht genug kaschieren können.

Zurück im Wartebereich war ich unschlüssig, was ich nun tun sollte. Da ich hier auf unbestimmte Zeit festsaß und es nichts gab, was ich von hier aus hätte erledigen können, schrieb ich Lucy eine Nachricht und brachte sie auf den neuesten Stand.

Dann checkte ich meinen Blog und die Social Media-Seiten.

Es dauerte ewig, aber irgendwann kam Steven wieder aus dem Büro und wir konnten gehen.

»Wie ist es gelaufen?«, fragte ich.

»Es war ganz okay. Daraus lässt sich etwas machen.« Steven schaute auf seine Armbanduhr. »Eigentlich wollte ich dich zum Mittagessen einladen, aber dafür ist es noch zu früh. Wie wäre es mit einem Kaffee? Du siehst aus, als könntest du den gebrauchen. Und ich kann dir bei der Gelegenheit erzählen, wie es gelaufen ist.«

»Klingt toll«, sagte ich mit so viel Begeisterung, wie ich aufbringen konnte. Wenn es gut liefe, wäre ich zum Mittag zurück.

Kaum hatten wir ein Café gefunden und den ersten Schluck Kaffee getrunken, sah Steven mich besorgt an.

»Du siehst müde aus. Hast du nicht gut geschlafen?«

»Nein, leider nicht. Aber ich bin natürlich trotzdem voll konzentriert und arbeitsfähig«, ergänzte ich schnell.

»Hat dir etwa der Gedanke an mich den Schlaf geraubt?«

Die Idee war so absurd, dass ich mir ein Lachen verkneifen musste.

»Hättest du denn gerne, dass ich deinetwegen schlaflose Nächte habe?« Mist, das klang verdächtig nach einem Flirt. Bestimmt würde Steven falsche Schlüsse ziehen, schalt ich mich.

»Oh ja, das wäre toll. Aber nur, wenn ich bei dir bin und persönlich dafür sorgen kann, dass du an Schlaf nicht einmal denken willst.«

Mist, was sollte ich darauf nur sagen?

»Steven …«

»Du bist eine hübsche und intelligente junge Frau.«

Ich trank einen großen Schluck von dem Kaffee, weil ich keine Ahnung hatte, wie ich reagieren sollte.

»Danke.« Mehr fiel mir beim besten Willen nicht ein. Selbst wenn ich ausgeschlafen wäre und mich nicht wie ausgekotzt fühlen würde, hätte ich vermutlich nicht gewusst, was hier zu tun war. Dann kam mir eine Idee.

»Weshalb bist du neulich am Strand so schnell verschwunden? War es wegen Molly?«

»Nein, es gab … einen privaten Notfall.«

»Oh, das tut mir leid. Ich hoffe, es war nichts allzu Schlimmes.« Das klang einfach nur bescheuert. Meine Eloquenz schlief wohl noch.

»Nein, mach dir keine Gedanken.« Ich sah ihm an, dass es ihn betrübte, was auch immer es war.

»Ich wollte dir nicht zu nahe treten, Steven.«

Als wir zurück im Büro waren, hatte ich gerade noch die Zeit, meine Mails zu checken und Molly kurz zuzuwinken. Ich kam mir dämlich vor, als ich im Aufzug nach unten fuhr und mein Herzschlag sich allein bei dem Gedanken, Dylan wiederzusehen, beschleunigte. Er hatte eindeutig klargemacht, dass aus uns nie etwas werden konnte. Eigentlich sollte ich ihn hassen. Dafür, wie schroff er mich immer wieder behandelte. Dafür, dass er mein Leben auf den Kopf stellte. Aber ich konnte es nicht. Ich hatte Angst.

Aber ich hatte es mir geschworen. Nie wieder wollte ich zulassen, dass irgendein Kerl bestimmte, wie ich mich selbst sah. Ich konnte aus mir heraus selbst stark sein. Ich brauchte niemanden, der mich beschützte. Was also konnte ich tun, um mich aus dieser Situation zu befreien?

Ich trat aus dem Gebäude, spürte die heiße Luft des New Yorker Sommers. Im Gegensatz zu den meisten liebte ich die Hitze.

Dylan wartete bereits auf mich. In der ersten Sekunde blieb ich stehen und nahm seinen Anblick im mir auf. Bisher hatte ich Dylan immer nur leger gekleidet gesehen. Heute sah er ganz anders aus. Er trug einen dunklen Anzug, der ihm so gut stand, als wäre er maßgeschneidert. Er betonte seine schmalen Hüften und sein breites Kreuz. Sein langes Haar hatte er wieder zu einem Dutt zusammengebunden. Nie hätte ich gedacht, dass Dylan noch heißer aussehen konnte, aber heute tat er es.

»Freust du dich, mich zu sehen?«

Peinlich berührt hörte ich auf, ihn anzustarren.

»Ja. Ich war mir nicht sicher, ob du dein Versprechen dieses Mal halten würdest«, antwortete ich schnippisch. Er sollte sich nichts einbilden, nur weil sein Anblick mich fast zum Sabbern brachte.

»Oh, meine kleine Kylie. So gerne ich mich auch mit dir zanke, wir haben nicht viel Zeit. Komm, lass uns einen ruhigeren Ort suchen.«

Unter einen ruhigeren Ort verstand Dylan ein völlig überfülltes und noch dazu überteuertes Café. Auf meine Nachfrage meinte er, dass man sich in der Menge am besten unsichtbar machen konnte.

»Daher auch dein neues Outfit?«

Dylans Miene wurde hart. Weshalb verschloss er sich ständig? Das war keine sehr private Frage.

»Du wolltest wissen, weshalb ich mich in den letzten Tagen nicht gemeldet habe«, wechselte er das Thema.

»Ja, du hattest versprochen, dich zu melden.«

»Das stimmt, es tut mir leid. Mein ›Boss‹ ist etwas paranoid.« Damit meinte Dylan dann wohl nicht seinen Onkel. »Er war nicht gerade erfreut, dass ich eine Journalistin zur Freundin habe. Ich musste einiges an Überzeugungsarbeit leisten, um zu beweisen, dass ich weiter loyal bin. Zudem hat er mein Smartphone einkassiert und gecheckt, ob ich eine Abhörsoftware oder so benutze. Ich kann beim besten Willen nicht sicher sagen, ob er mir nun eine draufgespielt hat, und auch nicht, ob er mir jemanden zur Überwachung hinterhergeschickt hat. Aber keine Sorge, ich war vorsichtig.«.

»Warst du gestern rein zufällig in dem Club?« Diese Frage hatte mich einfach nicht losgelassen. Ich war froh, dass Dylan mich vor diesem Widerling gerettet hatte, trotzdem fragte ich mich, ob das Timing nicht einfach zu perfekt war. Was, wenn das alles inszeniert war, damit ich Vertrauen zu Dylan fasste? Ja, das klang selbst in meinen Ohren paranoid. Denn was hätten sie davon, dass ich Dylan vertraute? Welchen Nutzen konnte ich für eine Straßengang haben? Sie handelten laut Mollys Notizen hauptsächlich mit Drogen und Informationen.

Unwillkürlich fielen mir Stevens Worte wieder ein: Informationen waren einiges wert. Es wäre fatal, wenn diese bewusst oder unbewusst nach außen dringen würden.

»Nein, ich war nicht zufällig in dem Club.«

Mir wurde allein bei dem Gedanken daran, dass Dylan mich die ganze Zeit manipuliert haben könnte, übel. Ich wagte es kaum, nachzufragen, denn weshalb sollte ich ihm auch nur ein Wort glauben?

»Weshalb warst du da?«

»Du hast gepostet, wo du warst, ich habe nach Tys Reaktion das Schlimmste befürchtet. Also habe ich alles stehen und liegen gelassen und bin los.« Dylan senkte seinen Blick und atmete tief durch. »Außerdem wollte ich dich sehen.«

»Weshalb?«

Nun schaute er wieder auf und sah mich mit diesem intensiven Blick an, der meine Beine in Pudding verwandelte.

»Kylie, nur weil ich dich auf Abstand halten muss, um dich zu schützen, heißt das nicht, dass ich das auch möchte.«

Die Zeit hörte auf zu existieren. All die Menschen um uns herum hörten auf zu existieren. Die ganze Welt schrumpfte auf diesen kleinen Moment zusammen. Mein Herz schlug mir vor Aufregung wild in der Brust. War es denn möglich?

Dylan strich mir eine lose Haarsträhne hinter mein Ohr. Dabei ließ er mich keinen Moment aus den Augen.

»Ich wünschte, die Dinge würden anderes stehen.« Diese Worte holten mich zurück auf den Boden der Tatsachen. Es änderte nichts, selbst wenn Dylan sich für mich interessieren sollte. Es änderte nichts daran, dass er in der Gang war. Es änderte nichts daran, dass er mich damit in Gefahr gebracht hatte, ob er es gewollt hatte oder nicht.

Meine Kehle schnürte sich zu. Warum war das alles so verdammt bescheuert? Für einen Moment konnte ich die Kleinkinder verstehen, die sich im Supermarkt auf den Boden warfen und brüllten. Die Welt war manchmal echt ungerecht. Es musste doch irgendetwas geben, was ich tun konnte.

Zurück im Büro war ich immer noch aufgewühlt. Noch bevor ich meine Arbeitsnische erreicht hatte, fing Molly mich ab. Sie führte mich in den kleinsten Besprechungsraum und blendete ihn mit den Jalousien ab.

»Was ist passiert?«, fragte ich alarmiert.

»Nichts, keine Sorge. Aber ich muss dir etwas Wichtiges sagen.«

Abwartend sah ich sie an. Was konnte nur so dringend sein?

»Tyson Bennett hat dir für heute Abend eine offizielle Einladung geschickt.«

Verständnislos sah ich Molly an. »Er hat dich eingeladen, das Jugendhaus zu besichtigen.«

»Oh, das ist nett von ihm.«

»Wie viel weißt du über Dylans Gang?«

»So gut wie nichts. Das meiste weiß ich aus deinen Notizen.« Ich stellte mich erst mal unwissend.

»Verdammt, das war zu befürchten. Ich habe dir nicht die gesamten Notizen gegeben. Bennett ist darin verwickelt. Kylie, ich glaube, du bist in wirklich, wirklich großer Gefahr.«

Tyson Bennett? Wie hatte Dylan seinen Boss genannt? Ty? Wie konnte ich das nur vergessen? Lucy hatte wohl recht gehabt. Alles in mir schrie nach Flucht. Aber so ging das nicht.

»Molly, wir müssen Ruhe bewahren. Ich organisiere uns Kaffee und Nervennahrung, und dann musst du mir alles genau erzählen.« Das erste Mal, seit ich Molly kannte, wirkte sie nicht, als ob sie vor Energie platzen würde.

»Kannst du dir irgendetwas einfallen lassen, das rechtfertigt, warum wir uns den Rest des Tages hier verschanzen?«

Molly nickte, offenbar froh darüber, eine Aufgabe zu haben. Ich hatte Angst, aber ich blieb ruhig. So war das bei mir immer gewesen. Ich war oft unsicher oder sogar ängstlich, aber wenn es eine ernste Krise gab, blieb ich die Ruhe in Person.

Kurz darauf traf ich mich wieder mit Molly in dem Besprechungsraum. Sie hatte dafür gesorgt, dass wir den Raum den ganzen Tag über nutzen konnten. Zwei Kollegen hatten ihn später noch gebucht, aber Molly hatte sie davon überzeugt, dass wir ihn dringender benötigten. Ob sie das mit Charme oder Drohungen erreicht hatte, wollte ich gar nicht wissen. Ich hatte Whiteboards besorgt, damit wir uns einen Überblick verschaffen konnten.

Auf einem konnten wir aufkommende Fragen sammeln, auf einem anderen Bennetts Verflechtungen aufzeichnen. Molly erzählte mir alles, was sie wusste, bis ins kleinste Detail. Es war erstaunlich, was sie alles in Erfahrung gebracht hatte.

Bennett hatte irgendwann begonnen, seine Konkurrenten auszuspähen, um so einen geschäftlichen Vorteil zu erzielen. Das hatte offenbar gut funktioniert. Zumindest, bis man ihm fast auf die Schliche gekommen wäre. Also hatte Bennett sich das Jugendhaus einfallen lassen. Es war der Dreh- und Angelpunkt geworden. Er konnte Kontakte zu Jugendlichen aus der sozialen Unterschicht knüpfen und sich ihr Vertrauen erschleichen. Bis die Kids bemerkten, dass sie benutzt wurden, hatte er längst etwas gegen sie in der Hand. Den meisten war das egal, sie fühlten sich wohl als Teil der Gemeinschaft. Sie hatten keine Skrupel, für ihn tätig zu sein, konnten die Auswirkungen ihres Handelns nicht sehen und wollten es auch gar nicht.

Molly hatte vor einiger Zeit Kontakt zu zwei der Jugendlichen aufgenommen, aber kaum etwas aus ihnen herausbekommen. Bennett hatte sich mit anderen Gangs angelegt, und es war ihm gelungen, sie nach und nach zu beseitigen. So konnte er sein dunkles Netzwerk immer weiter ausbauen.

Schnell erzählte ich Molly von meinem Treffen mit Dylan, wobei ich die emotionalen Details wegließ.

MY RIDICULOUS NORMAL LIFE

Plauder-Blog von Kylie Roberts

Hi,

wie geht es euch?

Heute Abend werde ich ein Jugendhaus in der Bronx besichtigen, dass Tyson Bennett im letzten Jahr aufgebaut hat. Neulich habe ich ihn bei der Veranstaltung im Rathaus kennengelernt, und nun hat er mich eingeladen, das Projekt für Jugendliche aus sozialschwachen Gebieten direkt vor Ort anzusehen.

Was habt Ihr heute Schönes vor?
Eure Kylie xx

18

Dylan

Den halben Tag lang hatte ich schon schlechte Laune gehabt. Seit ich sie mittags getroffen hatte und einfach meinen Mund nicht halten konnte.

Es war nicht geplant gewesen. Shawn fragte, weshalb ich so ein Gesicht zog. Weshalb? Scheiße, wegen nichts. Wegen allem. Ihretwegen.

Wegen dieses Mädchens, das mir nicht mehr aus dem Kopf ging. Und weil ich mir Sorgen um sie machte.

Nie hätte ich sie da reinziehen dürfen. Keiner hätte von ihr erfahren sollen. Ihre unschuldige und doch herausfordernde Art hatte es mir angetan.

Klar, diese Schwärmerei war albern und führte zu nichts. Wie könnte sie?

Nein, bevor ein Mädel in mein Leben treten konnte, musste ich den ganzen Mist hinter mir lassen. Irgendwie hatte ich den Eindruck, dass ich es selbst dann nie schaffen würde, für ein Mädchen wie sie genug wert zu sein.

Wer ich früher einmal gewesen war, zählte nicht mehr. Mein jetziges Ich war verabscheuungswürdig. Manchmal hatte ich Angst vor der Frage, was nach all dem noch von mir übrig bliebe. Wer würde ich sein?

Aber zuerst musste ich es schaffen, hier rauszukommen.

Es machte mich wütend, geradezu aggressiv, dass mein Leben so verkorkst war.

Ich warf einen Blick auf die Jungs. Einige stellten sich ganz gut an. Andere würden nur Sperrmüll produzieren. Diese Möbel würde keiner mehr restaurieren können, wenn sie damit fertig wären.

Aber das war egal. Alles war egal, solange ich sie hiermit von der Straße fernhalten konnte. Ich musste verhindern, dass Ty die Jungs weiter verdarb. Immer weiter, bis sie ihr eigenes Spiegelbild meiden würden.

»Hey, wirklich alles klar, Mann?«

Ich nickte Shawn als Antwort nur zu. Wenn ich reden wollte, dann würde ich es tun.

Ich versuchte, mich auf den Nachttisch vor mir zu konzentrieren und alles andere auszublenden.

Nein, mir war nicht nach reden zumute.

Mit ihr würde ich reden. Ihre Stimme konnte zart wie ein Vögelchen sein, aber sie konnte auch anders. Das hatte ich vom ersten Moment an gesehen. In ihr steckte eine wilde Energie, der sie sich selbst nicht einmal bewusst zu sein schien.

Ich sollte nicht weiter an sie denken. Dieses Mädel sollte mir egal sein, aber immer, wenn ich sie sah, war es, als gäbe es ein Licht am Ende eines dunklen Tunnels. Das erste Mal seit langem dachte ich, dass mein Plan tatsächlich funktionieren könnte. Aber ich wusste, wie trügerisch Hoffnung sein konnte.

Verdammt, nun höre ich schon ihr bezauberndes Lachen. Drehte ich langsam durch?

Nein, da war es schon wieder. Moment, was hat Ty getan?

Ich linste in den Flur. Sie war es wirklich, mein Mädchen. Verdammt. Schnell verschwand ich nach draußen, bevor es hier zu kompliziert wurde.

Ty war der mieseste Wichser aller Zeiten. Ich spürte die Wut durch meine Adern rauschen. Wehe, er krümmte ihr auch nur ein Haar.

Ich hasste Ty aus tiefstem Herzen. Was zum Teufel machte Kylie hier? Mein Instinkt sagte mir, dass es kein Zufall war. Es war eine Warnung. Von Ty an mich.

Es sollte mir egal sein, es änderte nichts an meinem Plan. Endlich war es soweit. Endlich war die Chance zum Greifen nahe. So lange hatte ich darauf gewartet.

Dass sie nun hier war, zeigte mir, dass Ty zu ahnen schien, was vor sich ging.

Verdammter Mist.

Ich durfte nicht den Kopf verlieren. Das war nur ein Grund mehr, es durchzuziehen.

Ihr Lachen drang an mein Ohr. Es klang so hell und natürlich.

Es war keines dieser gekünstelten Lachen, die man sonst so oft hörte.

Kylie war nicht elegant wie eine Calla. Sie hatte etwas Freies, wie ein Rosenbusch an der Küste. Nein, der Vergleich passte nicht ganz. Ihr fehlten ganz offensichtlich die Dornen. Als ich mich schon selbst wegen der albernen Blumenanalogie rügen wollte, fiel mir die passende ein. Sie war wie eine Sonnenblume. Fröhlich, natürlich und wunderschön.

Verdammt, dieses Mädel ging mir zu sehr unter die Haut. Noch ein Grund, um weiter auf Abstand zu gehen, gerade weil mich alles zu ihr zog wie ein Magnet.

Ich war so etwas von am Arsch.

1 9

Kylie

Nach dem Abend im Jugendhaus war ich erstaunt, Dylan so früh am Morgen vor meinem Apartment zu sehen. Molly und ich hatten gestern beschlossen, dass es okay wäre, die Einladung von Tyson Bennett anzunehmen. Denn er hatte diese öffentlich ausgesprochen. Somit konnten wir davon ausgehen, dass es sicher für mich war. Zusätzlich hatte ich es auf meinem Blog erwähnt, sodass genug Leute informiert waren. Dylan war von meinem Besuch wohl nicht begeistert. Er war verschwunden, kurz bevor ich angekommen war.

Nun sah er mir grimmig entgegen. Bevor ich ihm meinen abendlichen Besuch erklären konnte, kam er ohne Begrüßung gleich zum Punkt.

»Ich muss ein paar Tage weg und du kommst mit. Auch, wenn es mir nicht gelegen kommt, du bist hier nicht mehr sicher.«

Autsch, heute war er wieder besonders charmant, wie es aussah. Erst mit Verzögerung sickerte in mein Bewusstsein, was er eigentlich gesagt hatte. Empört sah ich ihn an.

»Nein, ich kann hier nicht weg.«

»Du fährst jetzt mit mir. Ob im Kofferraum oder auf dem Beifahrersitz, entscheidest du.«

Ungläubig starrte ich Dylan an. Ich konnte hier nicht so einfach weg, wirklich nicht. Dieses Praktikum war das Wichtigste, was es in meinem Leben gab.

»Dylan, bitte, ich kann hier nicht weg. Meine Zukunft, nein, mein ganzes Leben hängt davon ab.«

»Du weißt gar nicht, wie recht du damit hast.« Er sah mich mit festem Blick an.

»Du kannst mich nicht dazu zwingen.« Unerschrocken erwiderte ich seinen Blick.

»Das werden wir gleich sehen, wenn du weiter so stur bist.« Dylan blieb gelassen. Weder meine Worte noch mein Blick zeigten irgendeine Wirkung bei ihm.

»Das ist Entführung.« Meinen Protest quittierte Dylan nun doch mit einem amüsierten Lächeln.

»Kylie, das ist nicht dein Ernst.«

»Doch, das ist es. Was du vorhast, ist kriminell.«

Sein Lächeln wurde spöttisch.

»Wirklich?« Er deutete auf sich. »Gangmitglied. Schon vergessen?«

»Verdammt, dieser Punkt geht eindeutig an dich.« Das musste ich zugeben. Verzweifelt dachte ich nach. Ich wusste instinktiv, dass Dylan recht hatte. Ohne ihn war ich in dieser Stadt nicht sicher. Noch schlimmer war, dass ich andere damit in Gefahr brachte. Ich dachte an Mollys kampfbereite Miene. Nein, ich durfte sie da nicht noch weiter hineinziehen. Was würde Lucy mir raten?

Okay, darüber musste ich nicht einmal nachdenken. Sie würde mir dazu raten, mitzufahren. Für meinen Job würde sie eine Ausrede finden, die vermutlich grottenschlecht wäre, aber für ihre romantische Seite würde es ausreichen. Dabei war das bei Dylan und mir nicht so. Keine Romantik. Er war einfach zu anmaßend.

Trotz allem musste ich langsam eine Entscheidung treffen. Wie ich es auch drehte und wendete, ich hatte keine Wahl. Ich musste Dylan begleiten. Ob ich das nun wollte oder nicht.

Trotzdem musste ich zuerst Molly informieren. Und natürlich Lucy. Es musste schließlich irgendjemand wissen, wo ich war und bei wem.

Mein Gefühl sagte mir, dass ich Dylan vertrauen konnte, auch wenn er sich hin und wieder echt arschig benahm. Mein Problem war nur, dass ich mir nicht sicher war, ob ich diesem Gefühl trauen konnte, ob meine Einschätzung richtig war.

New York hatte mein Weltbild zum Wanken gebracht. Erst der Taschendieb und dann der Widerling Keith.

Sie hatten mir das Gefühl von Sicherheit gestohlen. Dieses Urvertrauen, dass mir nichts passieren konnte, wenn ich mich richtig verhielt. Natürlich war das naiv und echt bescheuert, wenn ich so darüber nachdachte. Als ob guten und rechtschaffenen Leuten nie etwas Schlimmes widerfahren würde. Schließlich war ich nicht mehr zwölf. Offenbar war ich sehr behütet aufgewachsen.

Zum Glück erklärte sich Molly ohne Weiteres bereit, mir im Büro den Rücken freizuhalten. Sie bestand als Gegenleistung genau wie Lucy nur auf regelmäßige Nachrichten von mir. Aber das sollte nun wirklich kein Problem sein.

Ich packte meine Reisetasche, und schon war ich mit Dylan auf dem Highway. Kaum hatten wir New York verlassen, lockerte sich der Druck auf meiner Brust etwas. Auch wenn Dylan neben mir nicht gerade ein Sonnenschein war und keinen Hehl daraus machte, dass er mich eigentlich nicht dabeihaben wollte. Trotzdem fühlte ich mich wie befreit. Es war aufregend, einfach den Alltag und die Sorgen hinter mir zu lassen, wenn auch nur für ein paar Tage. Ich war unvorbereitet und hatte keine Ahnung, was mich erwartete, aber ich fühlte mich deshalb nicht besorgt. Ich fühlte mich frei, als wäre alles möglich, als wäre das ein unglaubliches Abenteuer.

Leider hielt dieses Gefühl nicht besonders lange an. Dylan hatte offenbar keine Lust zu plaudern, also widmete ich mich meinem Blog, checkte Reaktionen, beantwortete Fragen. Zum Glück hatte ich gestern ein paar Posts vorbereitet. Wer wusste schon, wie viel Zeit ich unterwegs haben würde?

Irgendwann musste ich eingeschlafen sein. Als ich aufwachte, stand der Wagen an einer Raststätte, und Dylan war nirgends zu sehen.

Noch war ich völlig orientierungslos. Als ich aussteigen wollte, um mir die Beine zu vertreten und nach Dylan zu suchen, stellte ich fest, dass ich im Wagen eingeschlossen war. Dylan.

Was dachte er sich nur dabei? Langsam kam ich mir wirklich entführt vor.

Verführt wäre mir lieber. Schnell wischte ich diesen Gedanken beiseite. Ja, Dylan faszinierte mich. Zumindest dieser seltsame Widerspruch, den er darstellte. Sein ganzes Verhalten war widersprüchlich. Aber meistens, wenn er so drauf war wie jetzt, nervte er mich nur. Weshalb musste ich nur so auf ihn reagieren? Als er sein Interesse mir gegenüber angedeutet hatte, war das Gefühl unglaublich gewesen.

Sofort schlug mein Herz schneller, als er um die Ecke kam, die Arme voll mit irgendwelchem Zeug.

»Hi, Schlafmütze«, begrüßte er mich und warf mir ohne Vorwarnung eine Tüte zu. Der Inhalt war warm, und sofort knurrte mein Magen hörbar. Dem Geruch nach handelte es sich um einen Burger.

Dylan verteilte die restlichen Einkäufe im ganzen Wagen. Ich packte die beiden Burger aus und reichte einen an Dylan weiter.

»Danke.«

»Keine Ursache.« Dylan biss herzhaft in den Burger, ich tat es ihm gleich. Es war ein anständiger Burger, kein

Schnickschnack, einfach grundsolide. Ähnlich wie Dylan, schoss es mir durch den Kopf. Ich musste damit aufhören, immer wieder auf diese spezielle Weise an ihn zu denken. Wenn ich nun mit ihm auf engstem Raum hier im Auto unterwegs war und das womöglich für mehrere Tage, war es ratsam, eher auf Abstand zu gehen.

Von dem charmanten Dylan zu schwärmen war theoretisch völlig in Ordnung, aber nicht von dem anderen. Der dominantere Teil von ihm war ein echter Wichser, und jede Schwärmerei wäre masochistisch gewesen.

Und so war ich nicht. Ich musste mich auf mein Wesen besinnen. Ich war zielstrebig, ich hatte alles im Griff. Na ja, zumindest, bis ich hier am JFK gelandet war. Seit ich hier war, war mir alles ein wenig entglitten. Aber das machte nichts, ich würde einfach tough werden, wenn man hier tough sein musste. Aufgeben war keine Option. Und auch diese Fahrt mit Dylan würde ich mit erhobenem Haupt überstehen. Paroli geben konnte ich ihm, denn verdient hatte er sich das mehr als genug.

Im Moment war ich jedoch zufrieden, als ich mir den letzten Happen meines Burgers in den Mund stopfte. Dylan holte aus einer der Tüten eine Pepsi und reichte sie mir, bevor er selbst eine weitere Dose hervorkramte und öffnete.

Die kühle Flüssigkeit tat gut, ich hatte viel zu lange nichts getrunken.

Nach dieser Pause ging es weiter. Dylan fuhr. Ich versuchte, mich zu entspannen, obwohl es nicht in meiner Hand lag, wo wir hinfuhren und wie sich alles entwickeln würde. Molly würde Orsen meine Abwesenheit sinnvoll erklären. Sie hatte mir versichert, dass mein Praktikum nicht in Gefahr wäre. Wenn es jemand hinbekam, dann war das Molly. Um mich von meinen sinnlosen Gedanken abzulenken, schaltete ich das Radio ein. Es erklang irgendein belangloses Lied, das sich mit

Sicherheit in den aktuellen Charts befand. Dylan stellte das Radio aus. Warum um Himmelswillen nahm er mir selbst diese Ablenkung? Genervt sah ich ihn an.

»Der Fahrer bestimmt die Musik.«

Grinsend dachte ich an eine Serie, die ich wirklich liebte. Ob Dylan sie auch kannte?

»Dann mach doch Carry on an.«

»Ich bin nicht Dean.« Dylan beobachtete meine Reaktion genau.

»Und ich bin nicht Sam«, erwiderte ich mit breitem Grinsen. »Nicht zu fassen. Du schaust SN?« Ungläubig sah ich ihn an.

»Was überrascht dich daran?«

»Ich … Keine Ahnung.« Das Klingeln meines Handys lenkte mich ab, bevor ich näher über Dylans Frage nachdenken konnte.

Ein Blick auf das Display verriet mir, dass es Lucy war.

Ich warf Dylan einen entschuldigenden Blick zu und nahm das Gespräch an.

»Kylie, ist alles okay bei dir? Wenn nicht, kapere ich einen Hubschrauber und komm dich holen, egal, wo du gerade bist.«

Ich musste lachen. Lucy konnte herrlich dramatisch sein. Ich liebte sie dafür.

»Ja, mir geht es gut.«

»Warum hast du dich dann nicht gemeldet? Ich habe mir die schlimmsten Sorgen gemacht.«

»Was kostet ein Hubschrauberflug?«

»Das ist unglaublich teuer, deshalb habe ich ja von kapern gesprochen«, erklärte sie sofort. Ich bekam trotz der Leichtigkeit unserer Unterhaltung ein schlechtes Gewissen. Lucy schien sich ernsthaft Sorgen gemacht zu haben.

»Tu mir leid. Ich bin eingeschlafen und dann habe ich was gegessen.«

»Hm, okay. Aber was, wenn ich dich zu diesem Trip ermuntert habe und dir was passiert? Ich würde nie wieder froh werden.«

»Ach, Lucy, Süße. Mir passiert nichts. Versprochen.«

»So etwas kann man nicht versprechen. Es gibt zu viele Dinge, die du nicht beeinflussen kannst. Es gibt Unfälle, Überfälle und Fälle von Alienentführungen.« Lucy plapperte immer weiter, auch das war eindeutig ein Zeichen ihrer Sorge.

»Moment, ich stell dich auf Lautsprecher, dann kannst du mit Dylan reden. Vielleicht beruhigt dich das.«

Dylan sah mich kritisch von der Seite an.

Bevor einer von beiden protestieren konnte, hatte ich den Lautsprecher eingeschaltet.

Lucy gab sich zuerst einen Ruck.

»Hallo, Mr. Düster und Sexy. Ich bin Lucy.«

»Hallo, Lucy. Ich bin dann offenbar Mr Düster und Sexy.« Er grinste mich an. »Danke für diese Beschreibung.«

»Hey, so war das gar nicht«, beschwerte ich mich.

»Du findest mich also nicht sexy?« Dylan warf mir einen Seitenblick zu, der seltsame Dinge in mir auslöste.

»Kylie, ernsthaft, sogar seine Stimme ist sexy«, mischte sich Lucy ein.

»Danke«, antwortete Dylan.

»Gerne. Kylie, du hattest recht. Jetzt bin ich etwas beruhigt. Er scheint Humor zu haben und er hat definitiv eine tolle Stimme. Also meinen Segen habt ihr.«

»Ich brauche deinen Segen für einen Ausflug?« Das ging ja wohl doch etwas zu weit.

Lucy lachte nur. »Schickt mir noch ein Foto, dann bin ich endgültig beruhigt.«

»Du weißt, wie sehr ich Fotos von mir hasse. Ich sehe immer so dämlich darauf aus.«

Erschrocken schrie ich auf, als Dylan den Wagen abrupt rechts ranfuhr.

»Was soll das denn? Willst du uns umbringen?«

»Kylie, beim Parken stirbt man für gewöhnlich nicht. Und nun rutsch etwas näher, damit wir das Foto für deine Freundin schießen können.«

Was war nur mit Dylan los, dass er plötzlich wieder so offen war, witzig und charmant? Wollte er Lucy beeindrucken? Mir gefiel diese Seite von ihm auf jeden Fall sehr gut. Ich rutschte näher an die Mittelkonsole. Dylan legte einen Arm um meine Schultern. Dort, wo seine Hand meine nackte Haut berührte, kribbelte es heftig. Ich versuchte, mir nichts anmerken zu lassen und machte schnell ein Foto.

»Hey, mach noch mal eins, auf dem du lächelst. Sonst denkt deine Freundin noch, ich würde dich schlecht behandeln. Dabei habe ich dir gerade einen Burger gekauft.« Damit brachte Dylan mich zum Lachen, und erstaunlicherweise entstand so eines der wenigen Fotos, auf denen ich nicht dämlich aussah. Neben Dylan sah ich heute sogar erstaunlich gut aus, etwas zerzaust, aber zusammen wirkten wir wild und glücklich. Wie Bonny und Clyde.

Auch Dylan schien mit dem Foto zufrieden zu sein. Also schickte ich es gleich an Lucy und an ihn weiter.

Lucy hatte geschwiegen, um uns nicht von dem Foto abzulenken, aber kaum hatte sie es bekommen, hörte ich sie laut jauchzen.

Schnell erinnerte ich sie daran, dass sie noch auf Lautsprecher war.

»Ihr werdet so hübsche Babys bekommen.« Sie musste verrückt sein, also noch verrückter als sonst.

»Lucy, ich lege jetzt auf.«

»Okay, dann kann ich mir das Bild gleich noch mal anschauen. Das ist sogar noch besser als das letzte.«

»Du bist verrückt.«

»Auf jeden Fall«, bestätigte sie gutgelaunt, bevor sie auflegte.

Spontan wollte ich mich bei Dylan entschuldigen, aber dann wurde mir klar, dass ich mich nicht für Lucy entschuldigen musste. Sie war verrückt, und manchmal vielleicht etwas peinlich, aber ich liebte sie genauso, wie sie war. Auch, wenn sie mich in Verlegenheit brachte.

»Ich mag sie.«

Überrascht sah ich Dylan an. Er lenkte den Wagen einfach wieder auf die Straße und fuhr weiter.

Ich beobachtete sein Profil. Die gerade Nase, die hohen Wangenknochen, sein energisches Kinn und nicht zu vergessen seine unglaublichen Lippen.

Plötzlich überkam mich eine seltsame Melancholie. Gerade war es so schön gewesen, auch vor Lucys Anruf. Trotzdem konnte das, was sie in uns sah, nicht wahr werden. Es gab zu vieles, was dagegen sprach. Ich wusste zu wenig über Dylan, und die Dinge, die ich wusste, sollten mich abschrecken. Weshalb sie das nicht taten, war mir nach wie vor schleierhaft.

»Alles okay?«, fragte Dylan nach einer Weile.

»Ja, alles okay. Danke, dass du mitgespielt hast, Dylan.«

Er warf mir einen Seitenblick zu, den ich nicht einschätzen konnte.

»Das habe ich gerne gemacht. War doch witzig.«

Um nicht weiter über ihn und seine tausend Facetten nachdenken zu müssen, nahm ich wieder mein Handy und schrieb eine kurze Nachricht an Molly. Schließlich wollte ich nicht, dass sie sich auch noch Sorgen machte. Ich vermisste die Leichtigkeit von eben fast schmerzlich. Stattdessen waren meine eigenen Sorgen zurück. Was wäre mit der Gang, wenn wir zurück waren? Wie gefährlich war es in New York wirklich für mich? Wie lange konnte oder wollte Dylan mich schützen?

»Verrätst du mir, wohin wir fahren?«, fragte ich Dylan stattdessen.

»Nach Florida.«

Florida? Das war nicht gerade präzise, aber da er es nicht näher ausführte, fragte ich auch nicht nach. Vielleicht würde er mir eher vertrauen, wenn ich ihn nicht mit Fragen bedrängte.

So fuhren wir eine ganze Zeitlang dahin. Dylan konzentrierte sich auf die Straße, und ich hing meinen Gedanken nach. Immer wieder sah Dylan in den Rückspiegel und ich fragte mich unwillkürlich, ob er befürchtete, dass wir verfolgt wurden. Vermutlich war das normal, unter Kriminellen gab es ja bekanntlich keine Ehre. Der Gedanke war zwar seltsam, aber ich musste mir einfach wieder ins Gedächtnis rufen, dass Dylan ein Verbrecher war. Er stand auf der anderen Seite des Gesetzes. Auch wenn ich nicht genau wusste, was er getan hatte, es mussten heftige Dinge gewesen sein, wenn er so schnell so weit oben in der Hierarchie gelandet war.

Eine Frage schlich sich immer wieder in mein Bewusstsein, aber ich war noch nicht bereit, sie zuzulassen. Ich konnte noch nicht darüber nachdenken. Was wäre, wenn? Wie würde ich mich verhalten? Würde ich dann doch endlich Angst vor ihm empfinden?

Die Frage, der ich bisher immer ausgewichen war und die ich immer wieder beiseite geschoben hatte war, ob Dylan ein Mörder war. Hatte er jemanden umgebracht, um als Außenstehender so schnell in der Gang aufzusteigen?

Natürlich war mir klar, dass ich das wissen sollte. Mir war auch klar, dass er nicht zu einem besseren Menschen wurde, nur weil ich alles andere einfach nicht wahrhaben wollte. Aber dennoch genoss ich den Luxus des Nicht-Wissens. Zumindest noch für eine Weile. Eine schräge Erfahrung für mich, denn meine Neugierde und mein Wissensdurst waren meine ausgeprägtesten Eigenschaften. Aber bisher hatte ich mich vor der Wahrheit auch nicht fürchten müssen.

MY RIDICULOUS NORMAL LIFE

Plauder-Blog eigentlich von Kylie Roberts

Hallo,

unsere wunderbare Kylie hat mich gebeten, sie zu vertreten. Keine Sorge, es geht ihr gut.

Für alle, die mich nicht kennen, gibt es erst mal fünf Fakten über mich:

1. Ich liebe Roller Derby.
2. Ich studiere Linguistik.
3. Ich habe kein Auto, ich fahre Quad.
4. Ich stehe total auf Nirvana.
5. Ich bin stolz, mich Kylies Freundin nennen zu dürfen.

Gespannt warte ich auf Eure Reaktionen.

LG Lucy

Kylie

Als es zu dämmern begann, fuhr Dylan vom Highway ab. Er hielt an einer Tanke.

»Ich schau mal unter die Motorhaube, das Warnlicht leuchtet.«

»Kennst du dich damit aus?«

»Nein, ich arbeite lieber mit Holz als mit Metall.«

Ich nutzte die Gelegenheit, um eine Toilette zu suchen. Dylan schien es eilig zu haben, nach Florida zu kommen. Pausen gab es nicht viele. Da ich es vorhin nicht mehr ausgehalten hatte, weiter ins Ungewisse zu fahren, hatte ich Dylan doch so lange gelöchert bis er mir gesagt hatte, wo er so dringend hinwollte.

Ich hatte mit allem Möglichen gerechnet und mir das Schlimmste ausgemalt. Damit, dass es ein Treffen der Ostküsten Gangbosse gab. Dass er einen neuen Deal für Drogenlieferungen oder Schmuggelwaren aller Art einfädeln wollte. Womit ich definitiv nicht gerechnet hatte war, dass Dylan mit mir im Schlepptau die Stadt verlassen hatte, um zu einem Surfwettbewerb zu fahren. Ungläubig hatte ich ihn angesehen. Dylan hatte nur mit den Schultern gezuckt.

Als ich weiter darüber nachdachte, fiel mir auf, dass es gar nicht so abwegig war, schließlich hatte ich ihn ja bereits beim Surfen gesehen. Er hatte sich nicht schlecht angestellt, soweit ich das beurteilen konnte. Es war fast schon normal. Ein junger

Kerl nahm sein Auto und fuhr los, um einen Traum zu verwirklichen.

Erst mit der Zeit war mir aufgefallen, dass es bisher kaum etwas Gewöhnliches gegeben hatte, was Dylan betraf. Immer hatte es Überraschungen gegeben, Widersprüche, düstere Geheimnisse.

Und immer hatte Dylan diese besondere Wirkung auf mich. So wie eine Motte vom Licht angezogen wurde, zog mich das Rätsel, das er für mich war, weiter an. Ich konnte nur hoffen, dass ich dabei nicht verbrannte.

Gerade, als ich um die Ecke zurück zum Wagen gehen wollte, hörte ich Dylans Stimme. Ich konnte ihn nicht verstehen, aber ich hörte den eindringlichen Ton, mit dem er sprach. Ich blieb stehen und lauschte.

»Ich werde sie aufhalten, wenn sie mir zu nahekommen.«

Ich linste um die Ecke und sah, dass Dylan telefonierte. Er hatte mir den Rücken zugewandt und sah in die Ferne. Das fehlte mir in New York. Man konnte seinen Blick kaum in die Ferne schweifen lassen, weil es überall Gebäude gab.

»Sie werden sie nicht in die Finger bekommen. Scheiße, Mann, sie hat doch mit diesem verfluchten Mist gar nichts zu tun.«

Er fuhr sich aufgewühlt durch sein Haar.

»Ja, halt mich auf dem Laufenden. Ach, und Shawn. Danke.«

Aufhalten? Das klang nicht gut. Unwillkürlich fragte ich mich, wie viele Menschen Dylan schon aufgehalten hatte, und vor allem, auf welche Weise er das getan hatte.

Langsam ging ich zu ihm zurück und versuchte, mir nicht anmerken zu lassen, dass ich einen Teil seines Gespräches belauscht hatte.

Von wem hatte er gesprochen? Was würden die nicht in die Finger bekommen? Inständig hoffte ich, dass mit »sie« eine

Vase oder etwas ähnlich Harmloses gemeint war. Aber ganz besonders hoffte ich, dass er nicht von mir gesprochen hatte. Denn das würde bedeuten, dass wir die Gefahr nicht hinter uns in New York gelassen hatten.

»Hey, da bist du ja wieder.«

»Ja, was macht das Auto?«

»Da muss ich einen Fachmann drüberschauen lassen. Da vorne ist eine Werkstatt, der Typ wollte gleich mal nachschauen. Wir können in der Zwischenzeit etwas essen. Da vorn soll es ganz okay sein.«

Misstrauisch warf ich einen Blick auf eine düster wirkende Gaststätte.

»Komm schon. Heute Mittag haben wir uns doch gut verstanden. Lass uns einen Happen essen, bevor wir weiterfahren.«

»Okay, meinetwegen. Willst du die ganze Nacht durchfahren? Ich kann auch mal übernehmen, wenn du dich ausruhen möchtest.«

Dylan warf mir einen seltsamen Blick zu und sparte sich seine Antwort. Aus ihm und seinen Stimmungen wurde ich nicht schlau. Genervt verdrehte ich die Augen.

Er hatte recht. Wir hatten uns gut amüsiert, besonders bei dem Telefonat mit Lucy. Dann waren wir in ein langes Schweigen verfallen, bis ich begann, ihn zu löchern. Wie zu erwarten hatte er dicht gemacht, und wir hatten kaum mehr miteinander gesprochen.

Grübelnd folgte ich Dylan. Die Bar war von innen ganz okay. Sicher konnte man hier unbeschadet ein paar Bissen zu sich nehmen.

Wie sich herausstellte, war das Essen sogar erstaunlich gut. Die frittierten Hähnchenteile waren knusprig und angenehm würzig. Die Pommes waren ein Traum, und der Salat unerwartet frisch. Mehr konnte man in einem solchen Laden nicht erwarten.

Dylan schien bemüht zu sein, sich von seiner besten Seite zu zeigen. Allerdings umschifften wir alle potenziellen Reizthemen großzügig. Wir plauderten nur über belangloses Zeug, und das war so auch völlig in Ordnung für mich.

Nach dem Essen wollte Dylan los, um nach dem Wagen zu sehen. Kaum hatte er sich erhoben, als ein älterer Mann die Kneipe betrat, der Dylan zuwinkte. Dieser grüßte ihn ebenfalls.

»Junge, das mit deinem Wagen wird heute nichts mehr. Morgen Vormittag bringt mir jemand ein Ersatzteil, das ich dann gleich einbauen kann. Vorher ist nichts zu machen«, erklärte der Alte, bei dem es sich wohl um den Mechaniker handelte.

Dylan fluchte.

»Tut mir leid, Junge. Wenn du links rum gehst, dann kommst zu Ruths Motel. Sag ihr, dass ich dich geschickt habe, dann macht sie euch einen guten Preis.« Er tätschelte Dylans Schulter und setzte sich an die Bar.

Dylan kam wieder zu mir an den Tisch. Ich sah, dass er versuchte, sich zusammenzureißen und seinen Frust nicht an mir auszulassen.

Das rechnete ich ihm hoch an.

»Ich habe es gehört. Schöner Mist.«

Dylan nickte und brummte vor sich hin.

»Zum Glück haben wir noch viel Zeit bis zu dem Wettbewerb, richtig?«

»Ja, falls nicht noch etwas Unvorhergesehenes passiert.«

»Na ja, es gut, dass du diesen Puffer eingebaut hast. Du wirst pünktlich da sein. Außerdem wird es dir guttun, wenn du heute Nacht genug Schlaf bekommst, und morgen fahren wir dann gleich früh weiter.«

»Vermutlich hast du recht.«

»Nicht nur vermutlich. Komm, wie besorgen uns erst mal ein Zimmer.«

Die Glut, die meine Worte in Dylans Blick ausgelöst hatten, spürte ich an meinem ganzen Körper. Diese plötzliche Hitze, die dafür sorgte, dass ich ihm nahe sein wollte. Sehr nahe.

»So war das nicht gemeint, das mit dem Zimmer«, stammelte ich.

Dylan nahm meine Hand und führte mich nach draußen. Die abgekühlte Sommerluft fühlte sich angenehm auf meiner Haut an. Inzwischen war es fast dunkel geworden. Wir fanden Ruths Motel auf Anhieb. Mir war seltsam bewusst, dass mein Begleiter den ganzen Weg dorthin weiter meine Hand hielt.

Wir sprachen kein Wort, bis wir an der Rezeption ankamen.

Dylan schien es eilig zu haben. Ich konnte vermuten, weshalb. Es schockierte mich fast, dass ich keine Ahnung hatte, wie weit ich gehen würde. Dylan sah schließlich nicht nur aus wie ein Bad Boy – er war einer.

Meine herumwirbelnden Gedanken lenkten mich so ab, dass ich kaum mitbekam, wie Dylan unsere Zimmer bestellte. Umso überraschter war ich, als er mich direkt ansprach.

»Hey, Little Miss Dreamland. Es gibt nur noch ein freies Zimmer. Ist das für dich okay?«

Ähhhh … Ja. Nein. Im selben Raum wie Dylan schlafen?

BAD IDEA. Wie eine Leuchtreklame blinkten diese beiden Worte vor meinem inneren Auge.

Aber hatte ich denn eine Wahl?

»Na klar«, antwortete ich so locker, als hätte mein Gehirn nicht gerade fast einen Kurzschluss erlitten. Ich sollte mich nicht so anstellen. Wir waren beide erwachsen. Klar konnten wir in einem Zimmer schlafen, auch wenn er diese unerklärliche Anziehung auf mich ausübte. Das war kein Problem.

Dylan und ich verließen das Gebäude, um unser Zimmer zu suchen.

Die Spannung zwischen uns schien mit jedem Schritt größer zu werden. Zum Glück hatten wir es nicht allzu weit. Das Zimmer war nicht gerade geräumig, immerhin gab es zwei Betten. Das war gut, sehr gut.

Die Wände hatten einen hellen, beigefarbenen Ton, der Teppichboden war etwas dunkler gehalten. Bilder oder sonstiger Schnickschnack waren nicht vorhanden. Es war nicht wohnlich, aber zumindest wirkte es sauber. Für eine Nacht würde das schon gehen.

Nach der langen Fahrt sehnte ich mich nach einer Dusche. Dylan war so galant und ließ mir den Vortritt. Er wollte in der Zwischenzeit unsere Taschen aus dem Auto holen.

Erst als ich frischgeduscht im Bad stand, bemerkte ich den Fehler.

Dylan holte unsere Taschen, all meine frischen Klamotten waren in der Tasche. Ich würde hier auf ihn warten müssen, in ein Handtuch gewickelt, das meinen Körper nur unzureichend bedeckte.

Dylan schluckte, als er mich so sah. Unsere Taschen ließ er einfach auf den Boden fallen.

»Machst du bitte die Tür zu?«

»Ja, sicher«, murmelte Dylan und schloss die Tür.

»Danke.« Ich wusste, ich sollte meine Tasche nehmen und mich im Bad anziehen, trotzdem blieb ich wie angewurzelt stehen. Dylan hatte sich nicht vom Fleck gerührt. Er stand nur da und sah mich an. Allein durch seinen Blick wurde mir ganz heiß. Genauso sicher, wie ich wusste, dass ich gehen sollte, war mir klar, dass ich es nicht tun würde.

»Dylan ...«

»Ja, Kylie?« Seine Stimme klang rau und sexy. Sie löste eine wohlige Gänsehaut auf meinem gesamten Körper aus.

»Nun komm schon rüber.« Atemlos wartete ich auf seine Reaktion. Dylan zögerte nur eine Sekunde, dann war er bei mir. Seine Lippen fanden die meinen. Dieser Kuss war von einer süßen Leichtigkeit, die mich fast schweben ließ, die mich fast alles vergessen ließ. Aber eben nur fast. Was tat ich hier nur?

Bestimmt beendete ich den Kuss und trat einen Schritt zurück.

»Tut mir leid, ich kann das nicht.«

»Dein Körper sagt etwas ganz anderes«, raunte Dylan mit einer verführerisch dunklen Stimme.

In meinem Kopf wirbelte alles durcheinander. Der düstere Dylan, der lässige Surfer, der charmante Dylan und der verflucht sexy Dylan, von dem ich einfach zu wenig wusste.

»Ich kann nicht. Ich weiß ja kaum etwas von dir.« Das klang mädchenhafter, als ich mich fühlte, aber es war deshalb nicht weniger wahr.

»Was willst du wissen?« Dylans offene Reaktion ließ mich hadern. Bevor ich meine Gedanken sortieren konnte, platzte es aus mir heraus.

»Hast du jemals jemanden getötet?«

Ich sah, wie die Frage auf Dylans Gesicht traf. Ich sah genau, wann sein Verstand sie vollständig erfasste. Ich konnte den Schock erkennen. Atemlos wartete ich auf seine Antwort. Mir war nur allzu bewusst, dass ich im Falle des Falles sofort gehen musste. Denn das würde ich nie ...

»Du küsst mich, obwohl du dich fragst, ob ich ein Mörder bin?«

»Genau genommen hast du mich geküsst,« antwortete ich ausweichend.

Dylan wandte sich sichtlich aufgewühlt von mir ab. Dann wirbelte er wieder zu mir herum.

»Kylie, du steigst mit mir in dieses Auto, plauderst den ganzen Tag über locker mit mir und fragst dich währenddessen, ob ich ein Killer bin?«

»So in etwa.« Ich zuckte mit meinen Schultern.

»Verdammt, Mädel, du machst mich echt fertig.«

»Du wirst es mir also nicht sagen?« Verzweifelt überlegte ich, ob das nicht schon ein Eingeständnis war.

»War dir meine Reaktion nicht Antwort genug?«

»Nein, nicht wirklich«, gestand ich.

Er kam wieder auf mich zu. Er nahm mein Gesicht in seine Hände und zwang mich so, ihn anzusehen.

»Ein für alle Mal, Kylie. Ich habe keinen Menschen getötet, weder mit noch ohne Absicht.«

Ich seufzte erleichtert und schloss meine Augen. Mir fiel mehr als ein Stein vom Herzen.

»Du hast das echt ernsthaft in Erwägung gezogen? Wir sind doch nicht die Mafia. Die Gang ist so nicht. Es gibt einige, die dealen, aber unser Hauptgeschäft sind Informationen. Die sind wesentlich mehr wert als ein paar Gramm eines mittelmäßigen Rauschmittels. Klar kommt es auch mal zu Handgreiflichkeiten, aber ich bin kein Mörder, und die anderen auch nicht. Zumindest die meisten.«

»Okay«, antwortete ich zaghaft.

»Okay?« Dylan schien mit meiner Reaktion nicht zufrieden zu sein. Er raufte sich sein Haar. Dann band er es zu einem Dutt zusammen.

»Ich brauch jetzt was zu trinken. Wie sieht es bei dir aus?«

Da sagte ich nicht Nein. Stattdessen nahm ich meine Tasche und verschwand im Bad, um mich endlich anzuziehen und zu sammeln.

Der Einfachheit halber gingen wir zurück in die Bar. Dylan besorgte unsere Drinks, während ich den Billardtisch ansteuerte. Ein bisschen Ablenkung wäre sicher gut. Erst auf dem College hatte ich gelernt, Billard zu spielen. Ich war nicht gut, aber darum ging es ja im Moment auch nicht.

»Spielst du?« Dylan reichte mir ein Bier und prostete mir zu.

»Nicht wirklich gut.«

»Zeig mal, was du drauf hast.«

Wie ich es gelernt hatte, nahm ich das Dreieck und legte die Kugeln hinein. Als ich es ausgerichtet hatte, schaute ich zu Dylan auf. Er sah unglaublich sexy aus, wie er an diesem Balken lehnte. Er beobachtete mich und trank von seinem Bier.

Weshalb war es hier drinnen auf einmal so heiß? Schnell kühlte ich mich mit einem Schluck meines Biers ab. Dylan reichte mir den Queue. So elegant wie möglich nahm ich ihn an mich, um den ersten Stoß zu machen. Die weiße Kugel ließ die Kugeln in alle Richtungen davon schießen. Versenkt wurde keine.

»Vielleicht sollten wir etwas anderes spielen«, schlug Dylan vor.

»Hey, das war erst der Anfang. So schlecht war das nun auch nicht.«

»Keiner hat gesagt, dass es schlecht war.« Er nahm sein Bier und trank es in einem Zug aus. »Aber dieses Bild von dir, in dieser Pose, über den Tisch gebeugt, die Zunge konzentriert im Mundwinkel, das werde ich wohl nicht so schnell vergessen.«

Oh, bei allem was mir heilig war ... Wo sollte dieser Abend nur hinführen? Mir wurde klar, dass mein Shirt in dieser Pose einen tiefen Einblick gewährt hatte. Auch wenn alles in mir danach schrie, diese Chance zu nutzen, um Dylan näherzukommen, so siegte die Vernunft. Seine Erklärung ließ ich unkommentiert.

»Wenn du magst, können wir etwas anderes spielen. Wie wäre es mit Darts?«

Dylan sah mich an und nickte dann langsam.

»Ich hole uns noch was zu trinken.« Also trank ich mein Bier aus und gab ihm das leere Glas mit.

Darts war weniger verfänglich, aber es änderte sich nichts. Die Stimmung heizte sich sogar noch weiter auf. Es reichte ein Blick auf Dylan, und ich stand in Flammen, lichterloh. Dass er mich immer wieder wie zufällig berührte, half nicht gerade dabei, einen kühlen Kopf zu bewahren.

Es blieb nicht beim Bier. Nachdem Dylan die erste Runde gewonnen hatte, gab er zur Feier Tequila aus. Salz, Zitrone, Shot.

Das sorglose Gefühl, das dieses Getränk mit sich brachte, liebte ich. Meine Revanche gewann ich mit Leichtigkeit. Natürlich benötigten wir zur Feier mehrere Drinks.

Dylan warf seine Pfeile auf die Scheibe und traf das Bulls Eye. Er freute sich so darüber, dass ich ihm jubelnd um den Hals fiel. Er drehte mich im Kreis, wir lachten, und dann stand die Welt vom einen auf den anderen Augenblick still. Es gab nur Dylan und mich. Ich sah ihm tief in die Augen. Sein Blick hielt meinen fest. Langsam beugte er sich zu mir, näher und näher. Mein Herz überschlug sich fast. Seine Lippen trafen endlich auf meine. Es war wieder, als würde ich schweben. So fantastisch hatte ich mich lange nicht gefühlt. Ich wollte mehr davon. So viel mehr.

Als um uns herum Pfiffe und Johlen zu hören waren, lösten wir uns voneinander.

Wow, was war das? Es war geradezu magisch. Ob das immer so wäre, wenn ich Dylan küsste?

»Sollen wir gehen?«

Ich nickte nur, und schon nahm Dylan meine Hand und zog mich mit sich.

Kaum war die Tür unseres Motelzimmers hinter uns geschlossen, küsste mich Dylan wieder. Ich spürte seinen festen Körper an meinem und konnte gar nicht aufhören, ihn zu berühren. Meine Hand verschwand unter seinem Shirt und berührte die weiche Haut über den steinharten Muskeln. Dylan folgte meinem Beispiel, als sein Handy klingelte. Fluchend zog er es aus seiner Tasche. Nach einem Blick auf das Display sagte er, dass er da rangehen müsse, und schon war er im Bad verschwunden. Wer rief ihn mitten in der Nacht an?

Während Dylan im Bad war, ging ich zum Fenster und schaute in die leere Dunkelheit hinaus. Mein ganzer Körper war zum Zerreißen gespannt. Die letzten Stunden waren, nun ja, unerwartet gewesen. Dylan war unglaublich heiß, aber nicht nur das. Er löste etwas in mir aus, das ich nicht genauer analysieren wollte. Ich vermisste ihn jetzt schon, obwohl er nur wenige Schritte entfernt im Bad war.

Mein Körper sehnte sich danach, wieder von ihm berührt zu werden.

Eine leise innere Stimme versuchte durch den Nebel, den der Alkohol verursachte, in mein Bewusstsein vorzudringen. Doch ich schob sie beiseite, auch wenn ich den warnenden Ton hörte. Vermutlich sogar genau deswegen.

Hinter mir öffnete sich die Tür zum Badezimmer. Ich drehte mich nicht um, obwohl mein ganzer Körper danach schrie. Dylans Präsenz erfüllte den Raum.

Mit jedem Schritt, mit dem er sich mir näherte, schlug mein Herz schneller.

In der spiegelnden Fensterscheibe vor mir sah ich ihn näherkommen. Unsere Blicke fanden sich. Das Zimmer fühlte sich drückend heiß an. Aufgeheizt nur durch den Blick, den Dylan mir zuwarf.

Ich konnte kaum atmen. Diese Spannung hielt ich nicht länger aus, und doch wollte ich diesen Moment bis in alle Ewigkeit ausdehnen.

Dylan legte seine Hände auf meine Hüfte und küsste hauchzart meinen Hals. Die leichte Berührung seiner Lippen ließ mich erzittern.

Gebannt beobachtete ich Dylans Spiegelbild weiter im Fenster.

Immer mehr sanfte Küsse regneten auf meinen Hals, auf meine Schultern. Dylans Hand wanderte von meiner Hüfte nach oben. Ruhelos erforschte sie meinen Körper, fand einen Weg unter mein Top.

»Deine Haut ist so zart.«

»Das ist sie nicht nur am Bauch.«

Das war der Alkohol, der aus mir sprach. Selbst hätte ich nie den Mut gefunden, so etwas zu sagen. Dylan verstand meine Antwort als Aufforderung und zog mir kurzerhand das Shirt über den Kopf. Nun stand ich da, obenrum nur mit einem BH bekleidet. Sein Blick war heißer als die Hölle.

»Auch wenn es verflucht sexy ist, dich in der spiegelnden Scheibe zu beobachten, eine unglaubliche Mischung aus zarter Elfe und Femme fatale. Ich möchte dich nicht teilen, nicht einmal deinen Anblick. Der gehört heute allein mir.« Damit zog er den Vorhang vor dem Fenster zu und drehte mich mit einer simplen Bewegung zu sich, um mich weiter zu küssen. Dylans Leidenschaft brachte mich fast um den Verstand. Dieser Kuss hatte nichts Zartes mehr. Dylan stöhnte rau, als ich in seine Unterlippe biss. Es gab kein Halten mehr, wir fielen übereinander her. Unsere Kleider flogen in Windeseile auf den Boden. Dylans Hände waren überall auf meinem Körper. Sein Mund wanderte wieder zu der empfindlichen Stelle an meinem Hals. Dann weiter abwärts, bis er meine Nippel fand. Ich keuchte auf.

»Hast du Kondome? Wehe, wenn nicht.«

Dylan lachte kehlig. Er stand auf, kramte in seiner Jeans. Ich hörte ihn die Packung aufreißen. Sofort war er wieder bei mir.

Er spreizte meine Beine, beugte sich über mich und gab mir einen Kuss auf die Nasenspitze. Langsam drang er in mich ein, wieder und wieder. Es dauerte einen Moment, bis wir einen gemeinsamen Rhythmus fanden und uns der Lust vollständig hingaben.

2 1

Kylie

Erschöpft versuchte ich, wieder zu Atem zu kommen. Mein Körper fühlte sich an wie aus Wackelpudding. Das einzige, was zu funktionieren schien, war mein Herz, das viel zu schnell in meiner Brust schlug. Langsam machten sich meine Gedanken träge an die Arbeit, und mit ihnen auch die Zweifel. War es okay, dass ich mich so hatte mitreißen lassen? War es okay, obwohl Dylan und ich uns kaum kannten und er mich nicht einmal zu mögen schien, zumindest die meiste Zeit über? Aber konnte etwas, dass sich so gut und richtig angefühlt hatte, denn falsch sein? Endlich wagte ich es, in Dylans Richtung zu blicken.

»Na?«, fragte er verschmitzt.

Um meine Verlegenheit zu überspielen, boxte ich ihn gegen den Oberarm. Ein Lächeln breitete sich in seinem Gesicht aus. Es war schön, Dylan so entspannt zu sehen. Meistens war er so kontrolliert und abweisend.

Dummerweise sagte ich ihm das auch. Sofort verschloss sich seine Miene.

Ich entschuldigte mich und hätte mich selbst ohrfeigen können. Wie dämlich konnte man sein? Da öffnete er sich einmal ein winziges bisschen, und ich zerstörte es wieder. Dylan starrte an die Decke. Was nur in ihm vorging?

Das Schweigen lastete schwer wie eine ganze Herde Elefanten auf mir. Es fühlte sich seltsam an, in dieser Situation nackt neben ihm zu liegen. Da Dylan nicht so aussah, als würde er sich gleich wieder fangen, beschloss ich, aufzustehen und noch mal zu duschen. Ja, Flucht war definitiv eine Lösung. Denn es war schlimm genug, dass ich die Stimmung zerstört hatte und Dylan nun so in sich gekehrt war. Aber wenn er jetzt auch verbal wieder so schroff und abweisend geworden wäre, hätte ich es definitiv nicht ertragen.

Als ich mich erheben wollte, erwachte Dylan aus seiner Starre.

»Wo willst du hin?«

»Duschen?«, antwortete ich zögernd.

»Ist das eine Frage?« Wir mussten beide lachen. Puh, das fühlte sich viel besser an. Noch besser war es jedoch, als Dylan nach meiner Hand griff und mich zurück auf die Matratze zog. Mein Kopf sank wie von selbst auf seine Schulter. Dylan legte einen Arm um mich, und ich passte so perfekt an diese Stelle, als wäre sie für mich gemacht worden.

Wäre ich eine Katze, hätte ich definitiv geschnurrt, so gut fühlte es sich an, hier mit ihm zu liegen. Nun konnte ich nachvollziehen, was es mit dem Status »Es ist kompliziert« auf sich hatte. Denn so gut es sich auch anfühlte, mir war bewusst, dass ich Dylan nicht wirklich kannte. Mir war bewusst, dass er Dinge vor mir verheimlichte und ebenfalls, dass es einen Teil in mir gab, dem das alles egal war. Dieser Teil würde alles stehen und liegen lassen, um mehr Zeit mit Dylan zu verbringen. Und genau das hatte ich getan. Alles stehen und liegen gelassen. Zwar nicht nur seinetwegen, aber inzwischen war ich mir sicher, dass ich anders gehandelt hätte, wenn es nicht Dylan gewesen wäre.

»Was geht dir durch dein hübsches Köpfchen?«

»Ach, nichts. Die ganze Situation …«, antwortete ich ausweichend.

»Ich wünschte, es wäre anders«, gab er zu.

»Ja?« Meine Frage klang selbst in meinen Ohren etwas zu hoffnungsvoll.

»Kylie ... « Dylan seufzte. »Mein Leben ist kompliziert.«

Dieser Satz war so abgedroschen, dass ich vermutlich sauer geworden wäre, wenn ich nicht gewusst hätte, dass er im Grunde stimmte.

»Ich habe nicht immer in New York gelebt.« Dylan gab mir gedankenverloren einen Kuss auf mein zerzaustes Haar. Ich ließ ihm Zeit, sich zu sammeln. Eines hatte ich früh gelernt: Journalisten mussten gut zuhören können, das kam mir nun zugute.

»Ich habe zwar immer Zeit in New York verbracht, aber niemals in der Bronx. Meine Eltern sind ... waren ... ach, was auch immer. Es war immer genug Geld da. Ich war ein verwöhnter Rotzlöffel, der auf eine Privatschule ging. Es hätte kaum einen größeren Unterschied zwischen meinen zwei Leben geben können.« Dylan atmete tief ein, als müsste er sich wappnen für das, was er im Begriff war, zu erzählen. Er sah mich nicht an.

»Es ist alles den Bach runtergegangen. In so kurzer Zeit habe ich mein komplettes gewohntes Umfeld verloren.« Dylan sprach mit monotoner Stimme, als könnte jede Emotion ihn zerreißen, wenn er sie zuließe.

»Was ist passiert?« Meine Frage war lediglich ein leises Flüstern. Plötzlich hatte ich das Gefühl, ich müsste Dylan in Watte packen und ihn vor der Welt dort draußen beschützen. Natürlich war das lächerlich, denn in Wahrheit war ich offenbar eher auf seinen Schutz angewiesen.

»Eines Tages wurde die Steuerfandung auf meinen Vater aufmerksam. Er hatte Steuern hinterzogen, und das im ganz großen Stil.«

»Oh nein.«

»Leider doch. Mein sonst so perfekter Vater, der auch von mir nie etwas anderes als Perfektion und Rechtschaffenheit erwartet hatte, war selbst ein Krimineller.«

Ich küsste Dylan sanft auf die Schulter.

Wieder atmete er tief ein.

»Aber das ist noch nicht alles. Mein Vater hat Wind davon bekommen und sich ins Ausland abgesetzt. Er hat einfach meine Mutter und mich zurückgelassen, mit seinem ganzen Schlamassel.«

»Das war sicher nicht einfach.«

»Nein, das war es nicht. Meine Mutter kam nicht gut mit der Situation zurecht. Die Konten waren eingefroren worden. Sie versuchte erst, die Fassade zu wahren. Aber nach einem Vorfall im Country Club, von dem sie mir nichts Genaues erzählen wollte, zog sie sich komplett aus dem gesellschaftlichen Leben zurück. Sie begann zu trinken, sie gab sich einfach auf. Anstatt, dass sie für mich da war in dieser Zeit, musste ich ihren bewusstlosen, betrunkenen Körper ins Bett schaffen und Erbrochenes aufwischen. Meine Freunde begannen, Fragen zu stellen, auf die ich einfach keine Antworten hatte, also zog ich mich ebenfalls zurück. Es war kaum auszuhalten. Alle redeten nur von dem verdammten Geld. Es ging mir nicht um das Geld. Meine Eltern, die hätten für mich da sein sollen. Mein ganzes Leben brach auseinander, und die beiden … Sie fielen beide von ihrem Thron.« Dylan lachte bitter.

»Das mag sich seltsam anhören. Natürlich waren sie keine Könige und natürlich begehrte ich gegen sie auf, wie es eben jeder Teenager tut. Aber sie waren bis dahin trotz allem mein sicherer Hafen gewesen.«

Ich spürte, was Dylan meinte.

»Wie alt warst du damals?«

»17, also alt genug, um Party zu machen, mich zu betrinken, Mädels abzuschleppen. Zumindest, bis alles zusammenbrach. Als meine Mutter sich dann mit Chuck, dem Gärtner, der kaum älter war als ich, einließ, wurde mir klar, dass ich nicht länger dortbleiben konnte. Das, was einmal mein Zuhause gewesen war, das gab es nicht mehr.«

»Dann bist du allein nach New York gekommen?«, fragte ich erstaunt.

Nun sah Dylan mich zum ersten Mal an, seit er zu erzählen begonnen hatte. Er lächelte und gab mir wieder einen Kuss auf mein Haar.

»Ich habe ja schon erwähnt, dass ich vorher oft in New York war. Manhattan war fast wie ein zweites Zuhause. Ich rief meine Tante Martha an und sie war bereit, mich bei sich wohnen zu lassen, obwohl sie meiner Mutter, also ihrer Schwester, nicht wirklich nahestand. Wo sie genau wohnte, wusste ich nicht, aber selbst wenn ich es gewusst hätte, wäre ich trotzdem hergekommen.«

MY RIDICULOUS NORMAL LIFE
Plauder-Blog eigentlich von Kylie Roberts

Guten Morgen, Ihr Lieben,

Tausend Dank, dass Ihr mich so nett hier aufgenommen habt. Ich bin ja nun wirklich keine Bloggerin, aber plaudern kann ich. Ein Glück für mich, dass Kylie einen Plauder-Blog hat.

Lasst uns über Wolken plaudern. Irgendwann haben wir alle gelernt, dass diese aus winzigen Tröpfchen oder auch mal aus Eiskristallen bestehen. Aber darauf kommt es meistens nicht an, außer bei schweren Regenwolken. Und selbst die sehen meistens grandios aus.

Hach, Wolken … Gibt es was Schöneres, als an einem sonnigen Tag entspannt auf einer Wiese zu liegen und Wolken dabei zu beobachten, wie sie langsam vorbeiziehen?

Wen interessiert da schon, was eine Mie-Streuung oder der Tyndall-Effekt sind?

Meistens sehen Wolken fabelhaft aus und laden zum Träumen ein. Mehr muss man eigentlich nicht darüber wissen.

Lange Rede, kurzer Sinn – lasst uns öfter Wolken anstelle unserer Smartphones anschauen.

Habt einen wundervollen Tag.
LG Lucy

22

Kylie

Noch war ich nicht richtig wach, da fiel mir bereits wieder ein, was für ein Chaos mein Leben momentan war. Dennoch musste ich lächeln und hielt meine Augen weiter geschlossen. Die letzte Nacht war unglaublich gewesen.

Nie hätte ich gedacht, dass Dylan und ich uns so nahekommen würden. Nicht nur körperlich. Vielleicht war das sogar ein Fehler, aber dass Dylan sich mir danach geöffnet hatte, zeigte doch, dass es um mehr ging als eine schnelle Nummer, oder? Sonst musste man ihm alles aus der Nase ziehen, eine verschlossene Auster war nichts im Vergleich zu ihm. Aber nun schien es ein Band zwischen uns zu geben. Langsam öffnete ich meine Augen und tastete nach Dylan.

Er war nicht da. Seine Seite fühlte sich bereits kalt an. Verwundert setzte ich mich auf und sah mich um. Die Tür öffnete sich, Dylan kam herein.

»Hi.« Da war er wieder. Was für ein heißer Anblick am Morgen.

»Steh auf.« Sein Befehlston passte so gar nicht zu den rosa Wattewölkchen, die ich gerade noch gesehen hatte. Kleine Risse entstanden in meiner Blase der Glückseligkeit.

»Was ist los?« Es musste irgendetwas passiert sein.

»Es ist spät. Du hättest nicht so lange schlafen sollen. Du hältst mich nur auf«, schleuderte er mir entgegen.

»Ich halte dich nur auf? Wie bitte?« Fassungslos sah ich den Mann an, mit dem ich nur wenige Stunden zuvor noch geschlafen hatte.

»Du hast mich schon verstanden.« Seine Worte ließen meine Blase endgültig platzen. Schmerz und Wut breiteten sich in mir aus. Ich hielt mich an die Wut. Hatte er völlig den Verstand verloren?

Aber nicht mit mir! Wütend raffte die Decke um mich und stand auf. Wo waren nur meine Sachen? Schnell klaubte ich alles, was ich fand, zusammen und ging ins Bad, um mich frisch zu machen und mich anzuziehen. Vernebelte der Alkohol mir noch die Sinne? War mir etwas Wesentliches entgangen? Tränen brannten in meinen Augen.

»Beeil dich gefälligst,« grummelte Dylan durch die geschlossene Tür. Okay, das reichte. Was zu viel war, war zu viel. Was auch immer in seinem Leben schiefgegangen war, er hatte nicht das Recht dazu, sich so zu verhalten. Dieses Mal ließ ich das nicht durchgehen. Kaum war ich fertig angezogen, blinzelte ich die dämlichen Tränen weg und riss die Tür auf. Ich hob meinen Blick und stellte mich ihm entgegen.

»So lasse ich mich nicht behandeln. Du hast mir nichts vorzuschreiben. Ob du willst oder nicht, du hast keine Macht über mich. Und nun lass mich verdammt noch mal gehen.«

Dylan wich meinem Blick aus.

»Offensichtlich verabscheust du mich so sehr, dass du mich nicht einmal ansehen kannst. Halte dich einfach zukünftig von mir fern, Dylan.«

Steig nicht zu Fremden ins Auto, hatte meine Mutter immer gesagt. Das war ein guter Ratschlag gewesen. Vermutlich würde ich ihn auch an meine Kinder weitergeben, sofern ich mal welche haben sollte.

Weshalb nur hatte ich mich nicht daran gehalten?

Selbstgerechter Zorn rauschte durch meine Adern. Die Wut belebte mich so sehr, dass ich das Gefühl hatte, jeden, der sich mir in den Weg stellte, mit einem kurzen Blick niederstrecken zu können.

Doch das tat keiner. Dylan war wohl klug genug, mich gehen zu lassen. Oder es war ihm schlicht und ergreifend egal.

Da war ich nun, irgendwo im Nirgendwo, bepackt mit meiner Handtasche und der Reisetasche und hatte keine Ahnung, was ich tun sollte. Ob es hier wohl Mietwagen gab?

Egal, erst mal musste ich Abstand gewinnen zu diesem Motelzimmer und vor allem zu Dylan. Dann würde ich mir etwas einfallen lassen.

Ich hatte Glück, der Schuppen von gestern Abend war geöffnet und es gab dort Kaffee. Sobald ich den getrunken und was gegen meine Kopfschmerzen genommen hatte, würde ich Lucy anrufen. Verfluchter Tequila. Verfluchter sexy Surfer.

Kaum hatte ich meinen ersten Schluck Kaffee getrunken, wurde mir das ganze Ausmaß des Schlamassels bewusst. Ich konnte nicht einfach einen Mietwagen nehmen und zurück nach New York in mein Apartment fahren. Denn da gab es ja diese verfluchte Gang. Aber ich musste zurück, unbedingt. Wie sollte es weitergehen, wenn ich wieder dort war? Unter Dylans Schutz schien ich nicht weiter zu stehen. Verdammte Scheiße. Ich musste zu Molly.

Ein kleiner Funken Stolz durchfuhr mich, als ich daran dachte, dass ich vorhin für mich eingetreten war. Fast so tough wie Molly.

Die Tür ging auf und zwei Männer traten ein. Sie schienen genauso schlecht gelaunt zu sein wie Dylan. Vermutlich hatten sie die halbe Nacht im Auto verbracht und brauchten nur dringend einen Kaffee.

In wenigen Schlucken trank ich meine Tasse leer und ging nach draußen. Mietwagen gab es hier offenbar keine. Lucy würde schon etwas einfallen. Mist, sie war sicher in der Uni. Aber es war ein Notfall. Andererseits, konnte ich es wirklich ertragen, ihr alles zu erzählen? Gerade so schaffte ich es mit Mühe, rational an die Sache zu gehen und meine Fassade aufrechtzuhalten. Wenn ich es laut aussprächе, würde der Damm sicher brechen und ich in Tränen ausbrechen. Hier gab es keinen Ort, an dem ich mich verkriechen konnte. Mein sehnlichster Wunsch war es, in meinem Apartment zu sein und mir die Tränen aus dem Kopf heulen zu können. Dann würde ich Eis, das ich gar nicht im Kühlfach hatte, futtern und mich bei Lucy ausheulen. All das war nun aber keine Option.

Verloren stand ich da, kickte einen Kiesel über den unebenen Boden und versuchte, eine Lösung zu finden. Sollte ich zurück zum Motel? Wäre Dylan überhaupt noch da? Meine Wut war verraucht, zurück blieb nur eine seltsame Leere. Er hatte nicht einmal versucht, mich aufzuhalten. Der Gedanke versetzte mir einen Stich. Dafür, dass die Gefahr angeblich so groß war, hatte er mich kaum schnell genug loswerden können. Nicht einmal einen Tag lang hatte er es mit mir ausgehalten, der Mistkerl. Wie hatte ich mich nur so in ihm täuschen können? Natürlich war ich selbst schuld. Bisher war Dylan nicht gerade durch seine Zuverlässigkeit und seine Vertrauenswürdigkeit aufgefallen.

Trotzdem hätte er mir all das letzte Nacht nicht erzählen müssen. Er hätte nichts von seinem Vater und seiner Mutter erzählen müssen. Warum er es getan hatte, wusste ich nicht. War es der Alkohol gewesen? Oder lag ihm doch etwas an mir?

Das Grübeln half nichts. Also schrieb ich Lucy und auch Molly eine Nachricht, um sie kurz über meine Situation zu informieren.

Die beiden Männer von vorhin kamen wieder aus der Gaststätte. Spontan fragte ich, ob sie zufällig nach New York fahren würden. Die beiden sahen sich an und schienen ganz aus dem Häuschen zu sein. Sie fuhren wirklich nach New York und hatten kein Problem damit, mich mitzunehmen. Ich konnte mein Glück kaum fassen. Heute Abend würde ich wieder in meinem eigenen Bett schlafen, oder vielleicht doch besser bei Molly. Der Gedanke daran, von hier wegzukommen, war unfassbar befreiend. Dylan konnte mich mal. Ich kam allein zurecht.

Ohne viel Geplauder gingen die beiden mit mir zu ihrem Wagen. Als der Jüngere mir den Kofferraum öffnete, damit ich meine Reisetasche hineinlegen konnte, sah ich ihre Jacken darin und erstarrte. Gekreuzte Messer. Diese Aufnäher kannte ich. *Knives*.

Konnte das ein Zufall sein? Eine innere Stimme ließ mich wissen, dass es solche Zufälle nicht gab. Niemals.

2 3

Dylan

Verdammt, die Zeit wurde knapp. Zum Wettkampf konnte ich es locker rechtzeitig schaffen, aber für die Anmeldefrist wurde es langsam eng. Ich wusste, was daran hing. Das war der Moment, auf den es ankam. Meine Chance, endlich wieder frei zu sein und diesen jahrelangen Albtraum hinter mir zu lassen.

Trotzdem wendete ich meinen Wagen. Scheiße, nie hätte ich gedacht, dass es irgendetwas Wichtigeres geben könnte, als in diesem Moment schnell nach Florida zu fahren. Ich war so froh gewesen, dass das Auto wieder startklar war und uns anscheinend keiner mehr folgte. Shawn hatte mich gestern angerufen und gewarnt.

Nicht schnell genug hatte ich von diesem Motel weg gekonnt, und trotzdem fuhr ich nun wieder auf diesen Parkplatz. Einen wirklichen Plan hatte ich nicht. Irgendwie musste ich einfach hoffen, dass Kylie noch dort war, dass ich sie schnell finden, ins Auto verfrachten und wir schnellstmöglich weiterfahren würden. Nach meinem Auftritt heute Morgen hatte ich nicht den blassesten Schimmer, wie ich das anstellen sollte. Sie war unglaublich sauer gewesen, und das zu Recht. Ich hatte es verbockt. Dass wir Sex hatten, war das eine. Das konnte alle verkomplizieren, wäre aber für sich genommen kein Problem. Dafür war es viel zu gut gewesen.

Nein, dass ich ihr die ganze Scheiße erzählt hatte, warf mich aus der Bahn. Warum hatte ich das getan? Bisher hatte ich mit niemandem darüber gesprochen. Wieso mit ihr? Weshalb jetzt? Heute Morgen war ich einfach durchgedreht. Sie lag da in diesem schäbigen Motelbett, wunderschön, wie ein verdammter Engel. Ich wollte diese Gefühle nicht, die ihr Anblick in mir ausgelöst hatte. Als sie dann langsam aufwachte und im Halbschlaf lächelnd nach mir tastete, da wurde mir alles zu viel.

Dieses Mädel ging mir unter die Haut, aber ich hatte sie schon zu weit in diesen Sumpf, der mein Leben war, hineingezogen und sie in Gefahr gebracht. Nie könnte ich es mir verzeihen, wenn ihr etwas geschehen würde.

Hier war sie nirgendwo zu sehen. Langsam fuhr ich den Parkplatz entlang. Als ich den alten Pick-up von Jason entdeckte, gefror mir fast das Blut in meinen Adern. Shawn hatte recht gehabt. Sie waren mir gefolgt. Panik machte sich in mir breit. Ich war so ein verdammter Vollidiot! Wo war Kylie? Wenn sie ihr etwas angetan hatten …

Ich zwang mich, diese Gedanken zu verdrängen und meine Atmung zu beruhigen. Stattdessen parkte ich den Wagen etwas versteckt und sah mich um.

Beim Auto war alles ruhig. Wo war Jason? Vermutlich hatte er Freddy dabei. Das Gute war, dass die beiden nicht sehr clever waren. Der Nachteil war jedoch, dass sie das mit unnötiger Grobheit ausglichen. Ich konnte nur beten, dass sie Kylie nicht gefunden hatten oder dass sie nur nach mir suchten.

Wo war Kylie? Was würde sie in dieser Situation tun? Vermutlich würde sie sich zusammenreißen und ihre Lage überdenken. Sie würde versuchen, auf eigene Faust nach New York zurückzukommen. Sie war so stur, aber sie war ebenso stark, auch wenn ihr das gar nicht bewusst zu sein schien. Sie war intelligent und zielorientiert. Sie brauchte ein Transportmittel und … Kaffee. Kylie trank Unmengen Kaffee.

Gestern hatte sie sich bei jedem Halt zuerst mit Kaffee eingedeckt. In der Bar war es dunkel, trotzdem konnte ich bei den wenigen Gästen schnell feststellen, dass sie nicht hier war. Ich beschloss, nicht nach ihr zu fragen, sondern gleich weiterzusuchen.

Denk nach, denk nach! Kylie war möglicherweise in Gefahr, und ich verschwendete hier wertvolle Zeit. Das Motel. Menschen, die sich ängstigten und verstecken mussten, wählten meistens einen vertrauten Ort. Da sie nicht hier war, blieb nur das Motel.

Meine Nerven waren zum Zerreißen gespannt. Ich fühlte das Adrenalin durch meinen Körper jagen, als ich einen Schrei hörte. Kylie!

Ohne nachzudenken, rannte ich los. Jason und Freddy hatten Kylie gepackt und zerrten sie an den Haaren in Richtung Parkplatz. Meine Gedanken überschlugen sich. Die Zeit rannte. Angriff war die beste Verteidigung.

»Lasst sie sofort los!«

Erschrocken sahen die beiden mich an. Kylies schmerzvollen Blick konnte ich kaum ertragen.

»Wird's bald?«, blaffte ich und ging weiter auf die drei zu.

»Hey, Dylan! Wir dachten, dein Vögelchen wäre dir entwischt«, versuchte Freddy sich einzuschleimen.

»Nun bin ich ja da.«

Jason und Freddy sahen sich ratlos an. Sie hatten offenbar keine klaren Anweisungen für eine solche Situation bekommen. Die Regeln waren also auf meiner Seite, zudem stand ich weit über ihnen in der Hierarchie der Gang.

»Aber …«, stammelte Jason.

»Nichts aber, sie steht unter meinem Schutz. Komm, Kylie. Wir gehen.« Sie funkelte mich rebellisch an, beschloss dann aber offenbar, dass ich im Moment das kleinere Übel war.

»Ty wird das nicht gefallen«, maulte Freddy.

»Dann solltet ihr ihm besser nichts davon erzählen.« Ich konnte nur hoffen, dass sie das nicht längst getan hatten.

Sobald Kylie bei mir war, trat ich schützend vor sie und schob uns langsam aus dem Blickfeld der beiden. Erst als wir am Auto angekommen waren, atmete ich wieder tief durch. Kylie sah mich wütend an. Es hatte wohl nicht gereicht, sie zu retten. Sie hatte eine Erklärung verdient, das war mir klar, aber erst mal mussten wir hier verschwinden.

»Ich verstehe es, wenn du mich für den größten Arsch im Universum hältst. Aber nun steig endlich in das verdammte Auto ein.«

Ohne ein Wort stieg sie ein und schnallte sich an. Diese Ruhe war fast unheimlich. Wenn sie mich angeschrien oder sogar geschlagen hätte, wäre ich besser damit klargekommen.

Zurück auf dem Highway ließ meine Anspannung nach.

»Bist du okay? Ich meine, haben sie dir sehr weh getan?« Ich konnte nicht einmal erahnen, was in ihr vorging. Kylie schaute weiter aus dem Fenster und strich sich über ihr Haar, das im Licht der Sonne golden schimmerte.

Sicher verabscheute sie mich. Schließlich hatte ich sie erst in diese Lage gebracht. Sie sah traurig, aber zugleich stolz aus. Ihr Anblick brach mir fast das Herz. Da sie nicht mit mir reden wollte, zwang ich mich, weiter auf die Straße zu achten.

Eigentlich hatte ich geplant, diese Nacht in einem Motel zu schlafen, damit ich für den Wettbewerb gut erholt wäre. Vermutlich sollte ich nun durchfahren und nur ab und an ein paar Pausen machen. Wenn ich rechtzeitig da wäre, konnte ich mich dort ausruhen. Der Gedanke, Kylie allein zu lassen und das in diesem Wettbewerbstrouble, gefiel mir nicht. Ich musste einfach schauen, wie sich alles entwickeln würde.

»Erzähl mir von deiner Gang.«

Überrascht sah ich Kylie an. Sie sah weiter aus dem Fenster, trotzdem wertete ich ihre Frage als gutes Zeichen.

»Was möchtest du genau wissen?«

»Alles.«

Also begann ich zu erzählen. Ich erzählte ihr von Ty, davon, wie er die Kids einwickelte, wie er sie einfing und an die Gang band. Ich erzählte ihr davon, wie er eine Streetgang nach der anderen übernommen hatte, um das Geschäft auszuweiten. Mich wollte er als Stellvertreter im Jugendhaus einsetzen. Gerade noch so hatte ich verhindern können, dass er mich offiziell in der Presse als solchen vorstellte.

Ich erzählte ihr, wie kompliziert die Verflechtungen waren und ich daher keine Ahnung hatte, wie Ty darauf reagieren würde, dass ich mich freikaufen wollte.

Dass es auch mit einem Messer in meinem Bauch enden konnte, behielt ich für mich. Wir hießen nicht umsonst *Knives*.

Sie war überrascht gewesen, dass ich aussteigen wollte. Das hatte ich vorher wohl nie erwähnt. Sie war angespannt, als müsste sie sich schützen. Ob vor mir oder der Gang, wusste ich nicht. Vielleicht machte es für sie auch keinen Unterschied. Allein, dass sie überlegt hatte, ob ich ein Killer war, ließ mir das Blut in den Adern gefrieren. Dazu war es zum Glück nie gekommen. Mein Wert für Ty lag in anderen Bereichen.

Kylie schien aufgefallen zu sein, dass ich immer wieder in den Rückspiegel sah, denn inzwischen tat sie das auch.

Wir kamen gut voran, und ich hatte keine weiteren Verfolger ausgemacht. Daher stimmte ich zu, als Kylie um eine kurze Pause bat. Nach dem Aussteigen streckte sie sich, und ich musste mich zusammenreißen, um sie nicht anzustarren. Sie war wunderschön. Ihr Haar wehte in der leichten Brise. Nie würde ich vergessen, wie weich es war und wie wunderbar es roch. Dieses Mädel war eine absolute Traumfrau.

Es würde mir das Herz brechen, wenn wir nach unserem kleinen Trip zurück wären und sie mich dann nie wiedersehen wollte. Ich musste diese kurze Zeit nutzen und beweisen, dass ich kein Arsch war. Doch der Gedanke ließ mich nicht los, dass es für sie besser wäre, wenn ich aus ihrem Leben verschwinden würde. Scheiße, ja. Aber wie sollte ich eine Frau wie sie einfach gehen lassen?

Beim Essen sprachen wir fast wieder normal miteinander. Auch wenn es mich zu einem riesigen Arsch machte, zeigte ich mich von meiner besten Seite. Es fiel mir nicht einmal schwer. Kylie brachte mich dazu, ein besserer Mensch sein zu wollen.

Nach der Pause fuhren wir weiter, und die Stimmung war nun nicht mehr so angespannt. Das änderte sich allerdings, als Kylie mich auf einen dunklen Pick-up ein Stück hinter uns aufmerksam machte. Ty musste sie angewiesen haben, uns zu folgen. Jason und Freddy. Das konnte nichts Gutes bedeuten.

2 4

Kylie

»Ein Autokino?«

Offenbar war meine Frage amüsant, denn Dylan lächelte. Es war kaum zu glauben, dass dies der gleiche Mann war, der mich heute Morgen so abwertend behandelt hatte.

»Hier werden sie sicher nicht nach uns suchen.«

»Sicher?« Ich blieb skeptisch. War das bisher nicht etwas zu glatt gegangen?

»Mach dir keine Sorgen. Ich passe schon auf dich auf.«

Meine Skepsis fand ich durchaus angebracht.

»Nun schau nicht so. Heute Morgen habe ich dich auch gerettet.«

Ich vermied es, darauf hinzuweisen, dass ich durch ihn erst in diese Situation gekommen war.

»Was läuft hier heute Abend eigentlich? «

»Keine Ahnung. Aber hey, das ist schon unser zweites Kinodate.«

Unser erster Kinobesuch kam mir in den Sinn. Es kam mir ewig her vor. In einem anderen Leben. In der kurzen Zeit war einfach so viel passiert.

»Dylan, du weißt schon, dass das keine Dates sind, oder?«

»Du hast recht. Aber lass uns den ganzen Mist einfach mal ausblenden. Wir könnten so tun, als wären wir völlig sorglos und hätten einfach ein ganz normales Date. Lass uns die Gefahr vergessen. Das Spannendste wird die Frage sein, ob ich dir am Ende des Abends einen Kuss werde abluchsen können.«

»Erst am Ende des Abends?«

»Ist das ein Ja?«

»Weshalb willst du mich so lange warten lassen?«

»Bist du dir sicher? Bist du wirklich nicht mehr sauer auf mich? Verdient hätte ich es.«

»Das stimmt. Verdient hättest du es.« Ich sah ihn aufmerksam an. Dass er auch jetzt zugab, Mist gebaut zu haben, bestärkte mich in dem Gefühl, dass er es ernst meinte. »Dylan, ich will ehrlich sein. Da gibt es diese Anziehungskraft zwischen uns. Ich habe keine Ahnung, weshalb und wo uns das hinführt. Ich bin nicht mehr sauer auf dich, aber vergessen habe ich die Sache auch nicht. Versprechen kann ich nichts, außer, dass ich mich nicht wie einen Fußabtreter behandeln lasse. Noch einmal so eine Aktion, und ich bin weg. Für immer. Zweite Chancen verdienen die meisten, dritte Chancen jedoch die wenigsten.«

Dylan nickte. »Alles klar. Ich habe meine Lektion gelernt.«

»Das habe ich auch, Dylan. Ich weiß, dass momentan alles zu kompliziert ist, und ich kann nur hoffen, dass dein Plan mit dem Wettbewerb aufgeht. Aber ich stimme dir zu. Lass uns den Mist für den Moment vergessen.« Ich griff nach seiner Hand, sie war angenehm warm. Sofort verschränkte Dylan unsere Finger miteinander. Lächelnd sah ich zur Leinwand, auf der immer noch Werbung lief.

Mein Magen beendete diesen kurzen harmonischen Moment zwischen uns, indem er laut knurrte.

Dylan ließ es sich nicht nehmen, uns was zu essen zu besorgen. Vielleicht war es gut so. Ich konnte mir selbst nicht erklären, weshalb ich nicht mehr wütend auf ihn war. Er hätte es verdient, dass ich ihn nie wieder auch nur ansah.

Als er meinetwegen zurückgekommen war begann ich langsam, zu verstehen, dass es nicht nur für mich eine schwierige Situation war. Als er dann noch erzählt hatte, dass er nur auf diesem Roadtrip war, weil er aussteigen wollte, blieb kein Fünkchen Wut übrig. Es war, als würden sich unsere Seelen auf einer anderen Ebene verstehen, die keiner Worte bedurfte.

Während des ganzen Films hielt Dylan meine Hand. Mehr versuchte er nicht, nicht einmal den Kuss am Ende. Als wir wieder auf dem Highway waren, erklärte Dylan mir, wie der Wettbewerb ablaufen würde. Ich musste kämpfen, um wach zu bleiben. Dylan wollte in dieser Nacht durchfahren, da wir in der letzten Nacht schon genug Zeit verloren hatten.

»Erzähl mir mehr von der Gang«, bat ich.

»Hm, was möchtest du denn noch wissen?«

»Wie bist du da reingeraten?«

Dylan lachte trocken.

»Das lag an meinem ehrlichen Gesicht. Ty war gerade dabei, in dieser Welt Fuß zu fassen. Als Geschäftsmann war er bereits erfolgreich, aber das reichte ihm nicht aus. Es hatte damit angefangen, dass er Leute bezahlte, um an Informationen über seinen Konkurrenten zu gelangen. Ich kam recht früh ins Spiel. Mich konnte er ohne weiteres in ein schickes Restaurant zum Essen schicken, damit ich am Nebentisch die wichtigen Infos hören konnte. Ich wusste, wie man sich in dieser Welt verhielt, schließlich war ich dort eher zu Hause als in der Bronx, deren Regeln ich weder kannte noch verstand.«

»Nachvollziehbar.«

»Na ja, jedenfalls passte es. Ich konnte den Hauch meines alten Lebens genießen und bekam Geld dafür. Du musst verstehen, dass ich damals einfach unglaublich wütend war. Auf meinen Vater, auf die reichen Säcke, die waren wie er. Was tat es da schon weh, wenn ich ein paar Infos sammelte und weitergab? Das war naiv, ich weiß. Für Ty war ich ein absoluter Glücksfall. Selbst wenn er einen der Jungs zum Friseur schickte und ihm einen Anzug kaufte, die Herkunft sah man ihnen an. Sie erweckten zu viel Misstrauen.«

»Und so bist du schnell nach oben gestiegen.«, mutmaßte ich.

»So ist es. Ich muss dir nicht erzählen, wie wichtig und teuer Informationen sein können.«

»Das muss aber nicht zwangsläufig kriminell sein«, warf ich ein.

»Ty hat schon dafür gesorgt, dass jeder von uns schnell genug Dreck am Stecken hatte. Insiderhandel zum Beispiel ist strafbar. Man kann die Konkurrenz ausschalten, politisch Einfluss nehmen. Inzwischen wissen alle, dass man sogar Wahlergebnisse von anderen Ländern beeinflussen kann, wenn man die entsprechenden Infos an der richtigen Stelle streut.«

»Hast du je versucht, rauszukommen? Keine Ahnung, zur Polizei zu gehen oder so?«

»Das ist der Grund, weshalb wir hier sind. Ich hoffe, dass ich mich freikaufen kann. Das hat Ty zumindest am Anfang jedem versichert. Wer wollte, konnte gehen. Man muss allerdings als Zeichen der Loyalität 10.000 Dollar zahlen. Er will schließlich sicher sein, dass keiner zu den Cops geht. Das Problem ist, dass die meisten Cops aus der Bronx sowieso von ihm geschmiert sind. Wenn man sich an die wenden würde, hätte man schneller eine Kugel eingefangen, als man Immunität sagen könnte.«

Dylan erzählte immer weiter. Es war fast, als wäre er froh, endlich alles loswerden zu können. Er erzählte mir vom Aufbau und der Organisation der Gang. Ich musste unbedingt die Definition von Straßengangs und der Mafia recherchieren.

Für mich klang das, was Dylan berichtete, eher nach Zweiterem.

2 5

Dylan

Es fühlte sich seltsam an, so viel von mir und der Gang zu erzählen. Aber es tat auch unerwartet gut, dass Kylie mich nicht zu verurteilen schien. Ich konnte immer noch nicht glauben, dass dieses zuckersüße und doch so toughe Mädel nicht mehr sauer auf mich war. Wie konnte das sein, dass sie mir schneller vergab als ich mir selbst?

Durch die Nacht zu fahren, war ruhig und friedlich. Endlich konnten meine Gedanken mal ohne Druck umherschweifen.

Kylie war vor einer Weile eingeschlafen. Sie sah so bezaubernd aus. Ich konnte mir glatt vorstellen, wie sie als Mädchen über Wiesen und Felder gehüpft war. Wenn es doch nur einen Weg geben würde, sie in meinem Leben zu behalten. Ich konnte nicht darüber nachdenken, wie es sich anfühlen würde, sie gehen zu lassen.

In jeder anderen Situation würde ich um sie kämpfen, aber nicht, wenn ich sie damit in Gefahr brachte.

Ich war gespannt zu sehen, wie sie auf das ganze Drumherum des Wettbewerbs reagieren würde. Hoffentlich kam sie allein zurecht, wenn ich auf dem Board stand. Abends konnte ich mit ihr am Lagerfeuer sitzen und auf das Meer schauen. Wie es wohl war, wenn man auf einer Farm aufwuchs? Vermutlich hatte man schon als Kind Pflichten und übernahm Verantwortung.

Es musste das völlige Gegenteil meiner Kindheit gewesen sein. Sie sprach wenig über ihre Familie, aber wenn sie es tat, dann war es immer positiv. Trotzdem nahm ich manchmal eine tiefe Traurigkeit in ihr wahr, für die ich bisher keine Erklärung gefunden hatte. Wenn wir mehr Zeit hätten, wenn wir uns näherkommen könnten, dann würde ich die Geschichte vielleicht hören. Es machte mich wahnsinnig, dass mich meine Gedanken immer wieder zu dem Abschied brachten, der bald bevorstand.

Um mich abzulenken, dachte ich an Nate. Wie es wohl sein würde, ihn nach der ganzen Zeit zu sehen? Und das in einem Umfeld, das unserem alten Leben entsprach. Nate war von allen derjenige gewesen, der mich nie aufgegeben hatte. Er war ein echter Freund. Manchmal bereute ich, dass ich ihn so auf Abstand hielt. Aber das machte es einfacher für mich. Keiner aus meinem alten Leben sollte sehen, was aus mir geworden war. Und was noch wichtiger war – keiner durfte in Gefahr geraten. Durch Kylie wurde mir wieder vor Augen geführt, wie gefährlich es war, mich zu kennen. Ich hatte es geahnt, und trotzdem hatte ich sie nicht einfach in Ruhe lassen können. Ein breites Lächeln erschien auf meinen Lippen, als sie im Schlaf meinen Namen murmelte. Sekunden später spürte ich, wie mein Herz schwer wurde.

Hoffentlich waren wir bald da. Ich brauchte die Ablenkung und die Energie, die auf solchen Veranstaltungen herrschte. Ich sollte diese Zeit mit Kylie genießen, ohne an das danach zu denken.

MY RIDICULOUS NORMAL LIFE

Plauder-Blog eigentlich von Kylie Roberts

Wow, Leute,

unfassbar, wie viele von Euch sich für den Wolken-Post begeistert haben.

Damit ich hier nun nicht unter Druck gerate, stelle ich Euch heute Fragen:

Wie sieht der perfekte Tag für Euch aus?

Wie wichtig sind Euch Blumen im Alltag?

Ist Sex mit einem Astronauten ein Life-Goal?

Zum Schluss die alles entscheidende Frage: Pizza oder Burger?

Ich freue mich auf Eure Antworten.

LG Lucy

26

Kylie

Je näher wir dem Wettbewerb kamen, desto verschlossener wurde Dylan. Auf den letzten Meilen sagte er kein einziges Wort. Vielleicht dachte er über sein Leben nach und was nun alles von dem Wettbewerb abhing. Oder er dachte über uns nach. Allerdings hatte ich eher den Eindruck, dass er mich komplett ausblendete. Lag es daran, dass dies ein Teil seines alten Lebens war? Vermisste er es? Die Partys? Die sorglose, heile Welt, die seine Eltern für ihn errichtet hatten, bis alles zusammenbrach? Ich konnte mir kaum vorstellen, wie sehr ihn dieses Erlebnis verändert haben musste.

Inzwischen hatte ich ein Gefühl dafür, wer Dylan wirklich war. Was ihn selbst ausmachte. Unabhängig von der Gang und auch unabhängig von dem Geld, das seine Familie früher gehabt hatte.

Dylan schien hier eine Menge Leute zu kennen. Kaum waren wir aus dem Auto ausgestiegen, wurde er immer wieder gegrüßt. Manche riefen einen lockeren Spruch zu ihm herüber, andere begrüßten ihn mit Handschlag. Nach kurzem Smalltalk zog Dylan mich immer schnell weiter. Mich beachtete kaum einer. Es war für sie vermutlich nicht ungewöhnlich, dass Dylan ein Mädel hinter sich her schleifte.

Auch wenn ich versuchte, nicht darüber nach zudenken so spürte ich doch, dass es mir etwas ausmachte. Blöd. Das war mir selbst bewusst. Klar hatte er vor mir andere gekannt. Eine ganze Menge andere sogar, falls ich seine Erzählungen richtig deutete. Das hatte aber nichts mit mir zu tun. Wir waren nicht einmal zusammen. Grimmig versuchte ich, mein Pokerface aufrechtzuerhalten, als drei Schönheiten Dylan begrüßten. Nach einer kurzen Musterung hatten sie mich offenbar nicht als Konkurrentin eingestuft. Na, vielen Dank auch.

Dylan grüßte schon wieder einen Typen. Er war der erste, der mich nicht nur beachtete, sondern sogar ansprach.

»Hi, ich bin Nate. Ein alter Freund von Dylan.«

»Ich bin Kylie, die unfreiwillige Reisebegleitung von Dylan.«

Dylan warf mir einen wenig amüsierten Blick zu. Aber das war mir egal. Sollte er davon halten, was er wollte.

Er wollte nicht, dass ich Nate kennenlernte. Das konnte ich deutlich spüren. Was auch immer ihn daran störte, ich hoffte, es wäre nicht beleidigend für mich. So etwas würde ich mir nicht gefallen lassen. Nicht mehr.

Zwar war ich noch nicht allzu lange in New York, dennoch hatten mich die vergangenen Wochen verändert. Ich hatte mich verändert. Schmunzelnd erinnerte ich mich daran, wie begeistert ich an meinem ersten Tag in New York gewesen war, wie ich mir selbst Mut gemacht hatte. Ich hatte gehofft, dass ich lernen würde, für mich selbst einzutreten, und ich fand, dass ich mich gar nicht so schlecht machte.

Es war leicht, mit Nate zu quatschen, als würden wir uns schon ewig kennen.

Dylan und er kannten sich schon seit dem Sandkasten. Offenbar hatten sie aber kaum Kontakt, seit Dylan in New York lebte.

Als Dylan die Anmeldeformalitäten für den Wettbewerb erledigte, nutzte ich die Gelegenheit, um Nate zum Plaudern zu bringen.

»Wenn du Dylan schon so lange kennst, hast du sicher die eine oder andere witzige Geschichte über ihn auf Lager.«

»Aber so was von. Dylan war immer für jeden Spaß zu haben.«

»Er scheint sich verändert zu haben.«

»Ach, weißt du, er musste ganz plötzlich erwachsen werden.« Nate hielt sich vage und wich meinem Blick aus. Das zeigte mir, dass er immer noch eine tiefe Freundschaft für Dylan empfand.

»Er hat mir davon erzählt.«

»Er hat dir davon erzählt? Das ist gut, schätze ich.« Nate schüttelte verwundert den Kopf. »Es war nicht ganz einfach für ihn, die ganze Situation. Besonders, weil wir anderen weiter unser sorgloses Leben genießen konnten.«

»Und dann beschloss er, nach New York zu ziehen?«

»Das kam ganz plötzlich und ging echt schnell. Seitdem habe ich ihn kaum gesehen. Manche der Jungs haben ihn gar nicht mehr ans Telefon bekommen.« Nate schien die Zeit zu vermissen. Dylan war offenbar ein wichtiger Teil der Clique gewesen.

»Konnte er damals schon so gut surfen?«

»Oh ja. Es gab kaum etwas, was er nicht konnte. Nicht nur Mädels himmelten ihn an.« Nate lachte. »Er hatte die freie Wahl. Dylan war eine Legende.«

»Mir scheint, du himmelst ihn etwas zu sehr an«, zog ich ihn auf. Nate blieb stehen und sah mich ernst an.

»Nein, das tue ich nicht. Dylan ist der loyalste und wertvollste Mensch, den ich kenne.« Sein Blick schweifte in die Ferne. Ich wartete auf eine Erklärung für seine Worte, aber die kam nicht. Stattdessen überraschte er mich mit seiner nächsten Äußerung. »Weißt du, Kylie, ich kenne dich nicht und ich weiß nicht genau, wie gut du Dylan kennst. Aber dass du hier bist verrät mir, dass du Dylan außerordentlich wichtig sein musst.«

»Nein, so ist das nicht.«

»Oh, doch. Das ist nicht nur Sex.«

»Woher weißt du …?«

»Mädel, ich habe Augen im Kopf. Ich sehe nicht nur, wie er dich ansieht, ich sehe den gleichen Blick auch bei dir.«

Bevor ich darauf reagieren konnte, kam Dylan zurück. Er hatte alles geregelt und konnte am nächsten Tag offiziell starten.

Als Nate erfuhr, dass Dylan sich nicht um ein Hotelzimmer gekümmert hatte, sondern einfach im Auto schlafen wollte, bot er uns an, in seiner Suite zu übernachten.

»Mann, Dylan, so kannst du eine Lady doch nicht behandeln. Bei mir gibt es genug Platz, also stell dich nicht so an.«

Dylan passte das zwar nicht, aber ablehnen konnte er es auch nicht.

Und Nate hatte recht gehabt. Es gab mehr als genug Platz. Diese Hotelsuite war größer als meine ganze Wohnung.

Nachdem wir an einem der Foodtrucks gegessen hatten, waren Dylan und ich früh ins Hotel gegangen. Auch wenn Nate gehofft hatte, dass wir den Abend gemeinsam verbrachten so verstand er doch, dass wir müde waren, nachdem wir die letzte Nacht durchgefahren waren.

Das Bett war herrlich weich, und ich wäre vermutlich innerhalb von Sekunden eingeschlafen, wenn ich nicht so aufgewühlt gewesen wäre. Die sorglose Partystimmung hier passte so wenig zu den letzten Tagen, dass ich mir etwas fehl am Platz vorgekommen war. Dazu diese ganzen heißen Mädels mit ihren knappen Bikinis, die Dylan regelrecht umschwärmt hatten.

»Alles okay? Du bist so still.« Dylan musterte mich.

»Mhm.«

»Ist alles ein bisschen viel.«

»Mhm.«

»Bist du doch noch sauer auf mich?«

Ich dachte darüber nach, aber nein, das Thema war abgehakt, also schüttelte ich den Kopf.

»Wie kannst du jedem einfach so vertrauen?«

»Lange konnte ich das nicht, und auch jetzt habe ich immer noch Probleme damit«, gab ich zu.

»Wie kam es dazu?«

Marco. Es war so lange her, aber er hatte mein Urvertrauen stark erschüttert.

»Erzähl es mir«, bat Dylan.

Verwundert sah ich ihn an. Er schien zu ahnen, dass da mehr dahintersteckte.

»Mein bester Freund. Er war wie ein Bruder für mich. Er ist gegangen und hat mich ohne ein Wort zurückgelassen.« Ich schluckte, doch der Kloß in meinem Hals löste sich nicht. Dylan sah mich abwartend an.

»Es ist Jahre her, aber es tut immer noch weh, dass er sich einfach von mir abgewandt hat. Am meisten schmerzt es mich, dass ich selbst daran schuld bin.«

»Was ist passiert?«, fragte Dylan einfühlsam.

Alles in mir sträubte sich dagegen, die ganze Geschichte zu erzählen. Sie war mit zu viel Schmerz und zu viel Scham verbunden. Es tat immer noch weh, auch wenn es mich nicht mehr zu zerstören drohte.

»Marco und ich kannten uns schon vom Sandkasten. Seine Eltern waren beide in der Lokalpolitik tätig, und so verbrachte Marco viel Zeit bei uns auf der Farm. Keiner kannte mich so gut wie er. Als ich von einer Mädchenclique geärgert wurde, war er sofort zur Stelle. Als er mal Ärger mit älteren Jungs hatte, half ich ihm, die Wogen zu glätten. Wir waren immer füreinander da. Unzertrennlich. Das dachte ich zumindest.«

Ich schwieg einen Moment, um mich zu sammeln.

»Eine Journalistin schrieb eine Enthüllungsstory über Marcos Vater. Sie behauptete, er sei korrupt. Aus heutiger Sicht muss ich sagen, dass sie recht plump vorging. Sie warf wild mit Behauptungen um sich, verdrehte die Fakten oder suggerierte, dass diese gefälscht seien. Immer mehr Leute glaubten ihr. Ich kannte seinen Vater, aber mit 13 Jahren war ich eben auch leicht zu manipulieren. Marco machte all das schwer zu schaffen. Eines Tages fragte ich ihn, woher er denn wisse, dass die Berichte nicht stimmten. Woher er die Gewissheit nahm, dass sein Vater nicht doch Dreck am Stecken hatte. Marco ist ausgeflippt. Erst schrie er mich an, war völlig außer sich. Dann wurde er beunruhigend still, und das war fast noch schlimmer. Er sah mich an, und ich sah den Bruch, auch wenn ich noch nicht wusste, wie tief er ging.

Als er sich nicht mehr meldete, dachte ich erst, er bräuchte etwas Zeit. Nach drei Tagen gab es Gerüchte. Aber die wollte ich nicht wahr haben. Also sah ich nach. Marco war mit seinen Eltern weggezogen. Der Druck und die Verleumdungen waren zu viel gewesen. Später kam heraus, dass die sogenannte Journalistin alles frei erfunden hatte. Du kannst dir nicht vorstellen, wie sehr ich mich dafür gehasst habe, dass ich ihr geglaubt und Marcos Wort in Frage gestellt habe.«

»Du weißt, dass es nicht deine Schuld ist, oder?«

»Es hat eine ganze Weile gedauert, bis ich die Wut auf mich selbst loslassen konnte.«

»Wie ist es dir gelungen?«

»Mein Grandpa und ich hatten nie darüber gesprochen, aber im Nachhinein weiß ich, dass er mir geholfen hat, mir selbst zu vergeben. Als Kind hat er mir oft vorgelesen, und auch als ich älter wurde, haben wir zusammen gelesen. Wir haben uns gegenseitig vorgelesen und über die Geschichten gesprochen. Was hat uns am meisten bewegt, wie authentisch waren die Figuren, was konnte man aus der Geschichte lernen … Er hatte damals Geschichten für unsere Vorlesezeit ausgewählt, die mir einen Spiegel vorhielten. Da ich mich weigerte, über Marco zu reden, war das wohl die einzige Möglichkeit, an mich heranzukommen.«

»Dein Grandpa scheint ein weiser Mann zu sein.«

Ich nickte und schüttelte die Traurigkeit ab. Auch ihn vermisste ich immer noch sehr.

»Kylie?«

»Dylan?«

»Du wirst eine gute Journalistin werden. Jetzt verstehe ich es.«

Ich nickte nur und unterdrückte ein Gähnen.

»Na, komm. Lass uns schlafen.« Dylan zog mich an sich und küsste mich auf mein Haar. Unsere Lippen fanden sich wie automatisch. So nahe bei Dylan zu sein, fühlte sich an, wie nach Hause zu kommen. Es tröstete mich. Ich konnte nicht genug davon bekommen.

Was auch immer passieren würde, diesen Abend hatten wir für uns. Ich bemerkte, dass Dylan sich zurückhielt, dass er mich zu nichts drängen wollte, aber das brauchte er nicht. Ich wusste, was ich tat, als ich mein Schlafshirt auszog und Dylan aus seinem Shirt befreite. Ich nahm mir Zeit, fuhr die Linien seiner Muskeln entlang, küsste die warme, feste Haut über seinem Sixpack. Als ich mich seinen Shorts näherte, konnte Dylan sich nicht mehr zurückhalten. Er drehte uns so, dass er über mir war. Er liebkoste meine Brüste mit seinem geschickten Mund. Sein Bart kitzelte mich. Ich schlang meine Beine um ihn und spürte seine Härte an meiner Mitte. Dylan befreite mich von meinem Slip und zog seine Shorts aus. Heiß fühlte ich ihn an mir. Gleich wären wir vereint, doch Dylan ließ sich Zeit. Er küsste mich, streichelte mich, fand die Stellen an meinem Körper, die besonders sensibel reagierten. Er fand meine Mitte und ließ einen Finger in mich gleiten. Wieder und wieder, bis ich ein Keuchen nicht mehr unterdrücken konnte. Sein Daumen stimulierte meine Klit. Meine Atmung ging immer schneller, mein Herz überschlug sich fast vor Erregung. Ich umfasste Dylans Erektion und ließ meine Finger daran auf und abgleiten.

Gleich würde ich kommen.

»Dylan.«

Als hätte er verstanden, was ich nicht mehr in Worte fassen konnte, holte er ein Kondom. Kaum hatte er es sich übergestreift, war er wieder bei mir. Mit einem kräftigen Stoß drang er vollständig in mich ein, zog sich zurück, um wieder einzudringen. Ich kam jedem seiner Stöße entgegen. Wir verschmolzen in einem schnellen Rhythmus, bis wir beide heftig kamen.

Kylie

Morgens hatten wir uns wieder mit Nate getroffen. Er hatte mal eben die halbe Frühstückskarte beim Zimmerservice bestellt.

Wir plauderten über den Wettbewerb, an dem Nate dieses Mal nicht teilnehmen konnte, da er sich beim Tennis irgendwas gezerrt hatte.

»Seit wann spielst du wieder Tennis?«, fragte Dylan.

»Ach, das hat sich zufällig ergeben.« Nate winkte ab und wechselte das Thema.

»Und du, Kylie? Was treibst du so, wenn du nicht gerade von meinem Bro hierher verschleppt wirst?«

»Ich mache ein Praktikum bei *news to know*«, erklärte ich stolz.

»Das ist beeindruckend. Da kommen nur die Besten hin. Wie gefällt es dir dort?«

»Es ist toll.«

»Wie kommst du mit den Leuten dort klar?«

Warum wollte er ausgerechnet das wissen? Mir fiel keine passende Antwort ein. Ich konnte ja schlecht sagen oder zugeben, dass mich außer zwei Kollegen keiner zu mögen schien und der gute Trevor versuchte, mich überall als unfähig darzustellen.

»Sie kommt gut mit ihnen klar. Mit einigen von ihnen ist sie sogar schon privat unterwegs gewesen«, erklärte Dylan.

»Kennst du einen Jacobsen?«

»Trevor? Ja, er ist in der gleichen Redaktion wie ich.«

»Ist er immer noch so ein mieses Würstchen?«

Ich konnte mir ein Lachen nicht verkneifen.

»Mieses Würstchen?«

Nate nickte.

Ich seufzte. »Meinst du, weil er ständig versucht, mir das Leben schwerzumachen?«

»Wer macht dir das Leben schwer? Warum hast du mir nichts erzählt?«

»Äh, keine Ahnung. Es hat sich nicht ergeben, schätze ich.« Seit wann interessierte Dylan sich für so etwas?

»Schmoll nicht, Dylan. Jacobsen macht dir Ärger?«

Ich nickte. Woher kannte Nate den nur?

»Moment mal, das ist aber nicht der Jacobsen von der Highschool, oder?«, fragte Dylan.

»Oh doch. Erinnerst du dich, wie er versucht hat, uns wegen der Prüfung beim Direx anzuschwärzen?« Beide lachten. »Das ist unvergesslich. Und das alles nur, weil er nicht ertragen konnte, dass Dylan bei der letzten Prüfung eine bessere Note hatte als er.«

»Jacobsen behauptete, dass wir die Ergebnisse für die Zwischenprüfung gestohlen hätten und diese in Dylans Spind versteckten.«

»Als wäre das digital nicht möglich. Diese Pfeife.« Dylan schnaubte amüsiert.

»Aber echt. Wir haben Wind davon bekommen und Dylans Spind mit Slime gefüllt. Als Jacobsen den Direx überredete, nachzusehen, wurden beide von oben bis unten vollgeslimt.«

»Der Direktor ging natürlich davon aus, dass Jacobsen ihn reinlegen wollte.«

»Klar, wer slimt schon freiwillig seinen eigenen Spind voll?«

»Trevor wurde für zwei Wochen von der Schule suspendiert.« Dylan war die Genugtuung immer noch anzuhören.

Wissen war Macht, und diese Geschichte würde sicher ausreichen, um Trevor in die Schranken zu weisen.

»Es gibt ein Video davon. Falls du es brauchst, sag Bescheid.«

Dylan sah auf die Uhr. Es wurde Zeit für ihn, zum Strand zu gehen. Nate würde mich nachher rechtzeitig hinbringen, damit wir den Wettbewerb ansehen konnten.

Ich wünschte Dylan Glück und sah ihm nach, als er sich konzentriert auf den Weg machte.

»Kennt ihr euch schon lange?«, wollte Nate nach einem Moment des Schweigens wissen.

»Nein, eigentlich kenne ich Dylan kaum«, gab ich zu.

»Dylan ist ein guter Freund. Einer der loyalsten Menschen, die ich kenne.«

»Das hast du gestern schon angedeutet.«

»Weil es stimmt. Mein Vater ist sehr ehrgeizig. Er wollte immer, dass ich mehr aus mir herausholte. Er wollte, dass ich mein Bestes gebe. Ich hatte aber nur Flausen im Kopf. Unser Jetset-Lifestyle hat ihm nicht gepasst. Wenn er uns mal wieder bei irgendetwas erwischt hatte, hielt Dylan ohne zu zögern den Kopf für mich hin.«

»Ihr müsst sehr gute Freunde sein.«

»Dylan ist mein bester Freund. Auch nach all den Jahren, in denen ich ihn kaum gesehen habe. Dylan hat das für mich getan, weil er wusste, dass mein alter Herr nicht davor zurückschreckte, mich mit Schlägen zur Vernunft bringen zu wollen.«

»Oh, Nate ...«

»Nicht. Deshalb erzähle ich das nicht. Ich erzähle es dir wegen Dylan. Egal, was er erlebt hat, egal, mit welchen Mitteln er versucht, dich auf Abstand zu halten, er ist immer noch derselbe Kerl.«

»Dylan meinte, er wäre ein arroganter, oberflächlicher Arsch gewesen.«

»Er war kein Heiliger, aber er ist der anständigste, selbstloseste und loyalste Kerl, den ich kenne. Nie werde ich ihm zurückgeben können, was er für mich getan hat. Ich stehe auf ewig in seiner Schuld, auch wenn er das niemals so sehen würde.«

Was, wenn Nate helfen konnte? Was, wenn …?

»Wenn das stimmt, wenn du ihm wirklich so dankbar bist, warum hilfst du ihm dann jetzt nicht?«

»Dylan steckt in Schwierigkeiten?«

»Ja. Was denkst du, weshalb er sich so zurückgezogen hat?«

»Weil er sich nicht mehr als Teil von uns gesehen hat, als die Kohle seines Alten weg war. Er dachte wohl, er würde nicht mehr dazugehören, wenn er seinen Anteil nicht mehr beisteuern konnte. Was übrigens echt beleidigend ist. Wir hatten keine Chance, für ihn da zu sein. Er musste uns alle für oberflächlich Wichser gehalten haben.«

Dylan würde mich dafür hassen, aber vielleicht konnte ich ihm so helfen. Er musste es nie erfahren. Noch hatte ich keinen genauen Plan, aber zumindest eine erste Idee.

»Nate, es tut mir leid, wie es damals gelaufen ist. Aber vielleicht kannst du ihm jetzt helfen.«

2 8

Dylan

Früher hatte ich die Stimmung auf solchen Events geliebt, es war fast wie ein Festival. Lauter entspannte Leute, die Spaß haben wollten. Gute Musik, Alkohol, Ausgelassenheit. Alles war wie früher. Alles, nur ich nicht. Wenn es gut ginge und ich frei wäre, dann würde ich auch die Leichtigkeit zurückgewinnen. Denn ich würde mein Leben wieder selbst in die Hand nehmen. Verdammt, es stand so viel auf dem Spiel.

Kylies bezauberndes Lachen drang an mein Ohr. Sie verstand sich gut mit Nate. Zu gut, für meinen Geschmack. Sie brachte mich fast um den Verstand, im schlimmsten wie im besten Fall. Wehe, er rührte sie an.

Früher hätte er das nicht gemacht. Bruder vor Luder und so. Aber es war Jahre her, dass wir Bros waren. Von meinem jetzigen Leben wusste er so gut wie nichts. Wie hätte ich je erzählen können, wo ich gelandet war? Anfangs hatte er es immer wieder versucht. Wann immer er nach New York gekommen war, hatte ich darauf bestanden, dass wir uns in Manhattan, in unserem alten Umfeld, bewegten. Seine Versuche, mehr an meinem Leben teilzuhaben, blockte ich ab. Diese Welten passten nicht zusammen. Irgendwann gab er es auf. Die Besuche wurden weniger, aber ganz ließ er den Kontakt nie abbrechen. Nate hatte mich nie aufgegeben, das rechnete ich ihm hoch an.

Bald war es soweit. Bald stand ich wieder auf meinem besten Board. Ich hatte es Nate geschenkt, als ich nach New

York ging. Offenbar hatte er es gut behandelt, für heute hatte er es mir mitgebracht. Natürlich hatte er keine Ahnung, was auf dem Spiel stand. Für ihn war es wie früher. Wir genossen die Stimmung und nahmen nebenbei ganz easy ein paar Wellen. Nur dass es dieses Mal nicht so war. Nicht für mich. Es war meine einzige Chance. Ich musste gewinnen, denn ich musste nicht nur meinen Arsch retten sondern auch dafür sorgen, dass Kylie sicher war. Sie hing an diesem Job. Stur, wie sie war, würde ich sie nie dazu bringen können, NY zu verlassen. Und wenn ich ehrlich zu mir selbst war, war ich egoistisch genug, dass ich gar nicht wollte, dass sie zurück nach Kansas ging. Ich wollte sie in meiner Nähe wissen. Egal, wie sich alles andere entwickeln würde – das war das einzige, was ich mit Sicherheit wusste.

Wieder hörte ich sie lachen. Es blieb mir jedoch nichts anderes übrig, als die beiden zu informieren, dass ich nun bald dran wäre. Ohne zurückzublicken, ging ich mit meinem Board auf das Wasser zu. Tief sog ich die salzige Luft ein und sah, wie die Wellen sich am Ufer brachen. Heute waren ein paar gute Jungs unterwegs. Einige kannte ich von früher, aber es waren auch viele neue dabei.

Als ich an der Reihe war, spürte ich, dass etwas nicht stimmte. Das Gefühl, unbesiegbar zu sein, gehörte zu meinem alten Leben. Nun war es weg, und es kam, wie es kommen musste. Normalerweise blieb die Welt stehen, sobald ich mit meinem Board im Wasser war. Das kühle Nass spülte alle Gedanken, alle Sorgen weg. Nicht so heute. Ich musste mich konzentrieren. Das Board und ich bildeten keine Einheit. Ein Gedanke ließ mich nicht los. Er nagte an mir, lenkte mich ab. Kylie war bei Nate.

Nate und ich kannten uns schon ewig. Er hatte schon immer einen guten Schlag bei den Mädels gehabt, und wie es aussah, hatte er den auch bei Kylie. Er brachte sie zum Lachen. Mich ließ der Gedanke nicht los, dass ich es sein sollte, der ihr dieses wunderbare, leicht glucksende Geräusch entlockte.

Auf der anderen Seite wäre Kylie bei ihm sicherer. Nach der miesen Show, die ich heute geboten hatte, war sowieso alles vorbei. Kein Gewinn, kein Geld. Fuck. Kein Geld, keine Freiheit.

Inzwischen hatte sich bestimmt herumgesprochen, was ich vorhatte. Mein Status in der Gang war dahin. Mein Wort würde kaum mehr etwas wert sein. Verräter. Das war ich nun für sie. Die Jungs würden sich von mir abwenden und in Tys Spinnennetz hineingeraten. Tiefer, immer tiefer. So war es mir ergangen und vielen anderen. Manche waren im Gefängnis gelandet, manche hatte ich sterben sehen. Es war kein gutes Leben, es war gefährlich und man durfte niemandem vertrauen.

Kylie konnte unmöglich länger in New York bleiben. Der Gedanke, sie zu verlieren, fühlte sich wie Säure an, die sich durch mein Innerstes fraß. Ich hatte es vermasselt, nun konnte ich es nicht mehr aufhalten. Ich konnte nur versuchen, Kylie in Sicherheit zu bringen. Bei Nate. Denn so bitter mir dieser Gedanke auch aufstieß, er hatte genug Kohle, um sie zu schützen.

Ich schnappte mir ein weiteres Bier und verschloss meine Gefühle, deren wahre Tiefe mir eben erst bewusst geworden war.

MY RIDICULOUS NORMAL LIFE

Plauder-Blog eigentlich von Kylie Roberts

Leute,

Ihr erstaunt mich.

Weshalb verbringen so viele von Euch den perfekten Tag auf der Couch?

Astronauten sind wichtiger als Blumen? Vielleicht liegt es daran, dass Blumen verfügbarer sind als Astronauten.

Die alles entscheidende Frage ging unentschieden aus. Einen Bonuspunkt bekommt diejenige, die meinte, sie würde auf Pizza und auf Burger verzichten, wenn sie dafür den Astronauten bekäme. Genau mein Humor.

Macht es gut.

LG Lucy

Kylie

»Du willst was?« Empört sah ich Dylan an. Das konnte unmöglich sein Ernst sein. Nicht nach allem, was wir durchgemacht hatten. Ja, er hatte nicht gewonnen, aber das war nicht das Ende der Welt.

»Flipp bitte nicht gleich aus.«

»Ich soll nicht ausflippen? Du bist es doch, der hier ausflippt. Komm runter, Dylan. Ich werde New York nicht verlassen. Nur weil dein Plan nicht aufgegangen ist, heißt das nicht, dass alles vorbei ist. In China gibt es ein Sprichwort, das besagt: Es gibt immer eine Lösung, man muss sie nur finden. Und genau das werden wir tun.«

Es war wohl nicht der Moment, ihn in meinen Plan einzuweihen. So, wie er gerade drauf war, würde er alles ablehnen, ohne es überhaupt in Erwägung zu ziehen.

»Kylie, verstehst du den Ernst der Lage nicht? Das hier ist kein Spiel.«

»Nein, das ist es nicht. Aber ich bin nicht so hilflos, wie du offenbar denkst. Wir bekommen das hin, vertrau mir.«

Ich konnte Dylans skeptischen Blick sehen, aber Nate kam in diesem Moment zurück. Er klopfte Dylan mit der Hand auf die Schulter. Mit dieser Geste sagte er alles, was ich nicht gesagt hatte. Einfach, weil ich nicht die richtigen Worte gefunden hatte. Es tut mir leid, dass du nicht gewonnen hast. Das Leben geht weiter, lass den Kopf nicht hängen ... Diese Sätze hatte ich alle verworfen, weil sie sich nicht richtig angefühlt hatten. Weil sie hohl waren, auch wenn ich es ernst meinte.

Dann kam Nate daher und es war so simpel. Eine Geste, alles war gesagt.

»Hey, Dylan. Lust auf eine Runde Poker?«, schlug Nate vor.

»Ach, bitte, Dylan. Lass uns heute noch hierbleiben«, bat ich.

»Meinetwegen, dann hole ich uns mal noch eine Runde.«

»Cool, das haben wir ewig nicht gemacht.« Nate schien sich wahrhaftig zu freuen. Auch, wenn es nur Teil meines Plans war. Dylan brauchte das Geld, also würde er es bekommen. Nate hatte mir versichert, dass die Summe kein Problem wäre. Er hatte oft genug mit Dylan gespielt, um ihn geschickt gewinnen zu lassen. Erst nur kleinere Summen, bis Dylan Blut geleckt hatte und einen größeren Betrag riskieren würde. Bevor Dylan zurückkommen würde, rief ich schnell Molly an, um sie in den zweiten Teil meines Plans einzuweihen. Von ihrer Entscheidung hing alles ab. Denn auch, wenn Dylan mich retten wollte, war ich fest entschlossen, mich selbst zu retten. Wenn ich eines gelernt hatte, dann das: Ich war nicht schwach. Ich war kein Opfer. Ich konnte für mich selbst einstehen, zwar nicht mit Fäusten, aber zum Glück gab es ja auch andere Wege.

Nate trieb noch ein paar Jungs auf, die mitspielen sollten, zumindest zu Beginn. Anfangs schaute ich ihnen beim Spielen zu, aber ich hatte keine Ahnung, wie lange so ein Spiel dauern konnte. Also holte ich irgendwann meinen Laptop und begann, meine Notizen zu ordnen und mit dem, was Dylan mir erzählte hatte, zu ergänzen. Es war einiges an Wissen zusammengekommen. Mollys Bericht war eine gute Grundlage gewesen, darauf konnten wir aufbauen.

Sie war nicht sofort auf meine Idee angesprungen. Aber ich hatte ihr genau erklärt, was ich vorhatte, was ich damit erreichen wollte und wie wir das am besten umsetzen konnten. Molly hatte den Plan auf Schwachstellen abgeklopft und gleich mehrere gefunden. Inzwischen hatte sie aber für die meisten eine Lösung gefunden, wie ich ihrer Nachricht entnehmen konnte.

Nervöse Aufregung machte sich in mir breit. Molly hatte gefragt, ob ich mich wirklich mit den Bossen mehrerer Gangs anlegen wollte. Aber welche Wahl hatte ich schon? Ich würde nicht aus New York flüchten, wie Dylan vorgeschlagen hatte. Ich würde meinen Traum nicht aufgeben. Ich würde dafür kämpfen, käme, was wolle.

Ich hob meinen Blick vom Bildschirm und bemerkte, dass Dylan mich ansah. Wie hatte er mich in so kurzer Zeit so verzaubern können? Er lächelte, und es durchfuhr mich wie ein Blitz. Dylan hatte mich tatsächlich verzaubert. Es war nicht mehr nur aufregend mit ihm, es ging tiefer. Er berührte mein tiefstes Inneres. Ein Flattern in meinem Bauch bestätigte, was mir soeben bewusst geworden war. Ich empfand etwas für Dylan, etwas Besonderes und Zartes.

»Spielst du nun mit oder schleppst du die Kleine ab?«, wollte einer der Pokerspieler wissen. Dem konnten sie sein Geld gerne abknöpfen.

»Gewinnst du?«, fragte ich Dylan, ohne den blöden Kommentar zu beachten.

»Immer.« Dylan zwinkerte mir zu und konzentrierte sich dann wieder auf das Spiel.

Wärme stieg in mir auf. Trotzdem wagte ich nicht, mir vorzustellen, wie es sein könnte, falls Dylan dasselbe für mich empfand. Er war längst nicht mehr so ruppig und kühl wie am Anfang. Dennoch war ich mir keineswegs sicher, wie er mich sah.

War ich nur ein lästiges Übel? Nein, zumindest nicht mehr. Inzwischen vertraute er mir, bis zu einem gewissen Punkt. Sonst hätte er mir die ganzen Geschichten von den Gangs nicht erzählt. Dass Ty nicht allein das Problem war, verkomplizierte die Sache, aber nun, da ich Molly auf meiner Seite wusste, hatten wir tatsächlich eine Chance.

3 0

Dylan

Ich hatte das verdammte Pokerspiel gewonnen. Das war unfassbar. Na ja, eigentlich nicht, denn ich war wirklich gut darin. Aber Nate auch. Wir hatten früher oft zusammen gespielt. Ich ignorierte das Gefühl, dass es zu glatt gegangen war. Und auch, dass es ziemlich genau die Summe war, die ich so dringend brauchte. Scheiße, selbst wenn Nate mich hatte gewinnen lassen, dann war das eben so. Nie hätte ich Geld von ihm genommen, wenn er es mir angeboten hätte. Und wäre Kylie nicht hier, wer weiß, ob ich es genommen hätte. Vermutlich nicht. Mir war klar, dass es für ihn Peanuts waren, aber ich hatte meinen Stolz.

Aber für Kylies Sicherheit schluckte ich den hinunter. Vielleicht hatte ich es doch ehrlich gewonnen? Es war nicht ausgeschlossen, dass das Schicksal es einmal gut mit mir meinte. Nun hatte ich eine Chance. Ich konnte Ty bezahlen und hoffen, frei zu sein. Aber konnte ich es riskieren, Kylie in meinem Leben zu lassen? War es sicher genug, oder würde Ty Ärger machen? Er war ein Geschäftsmann, und ein Deal war ein Deal, aber Fairness gehörte nicht zu seinen besten Eigenschaften.

Nate unterhielt sich wieder mit Kylie und mir wurde klar, dass es keine andere Option gab. Ich könnte es nicht ertragen, sie zu verlieren. Aber hatte ich sie denn wirklich? Wollte sie mehr als dieses Abenteuer? Verdammt, ich war mir nicht sicher.

Es war eine ganz neue Erfahrung, sich über so etwas Gedanken zu machen. Nie hatte ich das Bedürfnis gehabt, eine Frau in meinem Leben zu behalten. Ich war nie ein Beziehungstyp gewesen. Aber nun? Was konnte ich tun, um ihr klar zu machen, wie wichtig sie mir war?

Ich beobachtete, wie sie Nate den Ellenbogen in die Seite knuffte. Nate wäre besser für sie. Andererseits war er auch ein unsteter Typ. Kylie war viel zu anständig für ihn.

Ich ging hinüber, reichte beiden ihre Getränke und quetschte mich zwischen sie wie ein Höhlenmensch. Nate machte mir bereitwillig Platz, was ich ihm hoch anrechnete. Vielleicht konnte er mir helfen. Das Lächeln, mit dem sie mich bedachte, brachte mich auf eine Idee. Weil ich nicht widerstehen konnte, legte ich meinen Arm um Kylie. Eines stand fest: Dieses Mädel gehörte mir. Ich würde einen Weg finden, ihr das zu beweisen.

3 1

Kylie

Auch wenn wir noch einen endlos weiten Weg vor uns hatten, war ich unruhig. Ich musste mich konzentrieren, um nicht nervös auf dem Beifahrersitz herumzurutschen.

Molly tat ihr Bestes, das wusste ich. Trotzdem konnte noch so unglaublich vieles schiefgehen.

»Du kannst es kaum erwarten, zurück zu sein, stimmt's?«, fragte Dylan.

»Wie kommst du darauf?«

»Du wirkst so abwesend. Fast angespannt.«

»Ich denke nur darüber nach, wie sich alles entwickeln wird.«

Ob es je eine Chance für Dylan und mich geben würde? Irgendwann, wenn sich alles aufgeklärt hätte? Ich musste es einfach hoffen. Wenn es nach mir ginge, wäre ich sofort dabei. Ich würde keine einzige Sekunde mehr vergeuden. Aber es war nicht der richtige Zeitpunkt, um herauszufinden, wie Dylan dazu stand. Wie er zu mir, zu uns stand. Wir hatten uns in einer Blase befunden, aber bald wären wir zurück in New York.

»Es gab da dieses Mädchen«, begann Dylan unvermittelt. Jede Faser in mir spannte sich an. Dylan erzählte kaum Persönliches, daher saugte ich jedes Wort auf. Ich wollte alles über ihn erfahren. Jede noch so geringe Kleinigkeit.

»Ich hatte sie verärgert. Dumm wie ich war, hatte ich bis dahin nicht kapiert, wie wichtig sie mir war. Ich mochte sie wirklich gerne.«

Okay, vielleicht wollte ich doch nicht alles wissen. Eifersucht war ein ekliges Gefühl, aber meine Neugierde war stärker.

»Was ist dann geschehen?«

»Sie sagte, sie hätte mir vergeben.«

»Das klingt doch gut.«

»Nein, Kylie. Es war nicht genug. Sie schien nicht zu verstehen, wie ernst es mir mit ihr war.« Dylan räusperte sich. »Also musste ich mir etwas ganz Besonderes für sie einfallen lassen. Denn sie war etwas Besonderes, sehr sogar.«

Wie kalte, glitschige Schlangen kroch die Eifersucht durch meine Adern. Trotzdem bemühte ich mich, neutral zu klingen.

»Nun erzähl schon weiter. Was ist passiert?«

Dylan sah auf die Straße. Erst dachte ich, er müsste sich sammeln, bevor er weitererzählte, dann bemerkte ich, dass er etwas zu suchen schien. Plötzlich bog er ab, dabei war ich mir sicher, dass wir noch eine ganze Weile auf dieser Straße nach Norden fahren mussten. Was war los? Wollte er schon Pause machen? Wurden wir wieder verfolgt? Hektisch sah ich mich um. Aber da war nichts zu sehen. Dylan schien ganz entspannt zu sein. Was war nur los? Hier gab es nichts, bis auf ein großes Schild, das den Weg nach Disneyland wies.

Das konnte doch … unmöglich …

Dylan lächelte lässig.

»Sie hatte mir einmal erzählt, dass es ihr größter Kindheitstraum gewesen war, nach Disneyland zu fahren. Da musste ich die Chance einfach nutzen, als sie sich mir bot.«

Ich schnappte laut nach Luft. Hatte er etwa mich gemeint? Die ganze Zeit?

213

»Ist das dein Ernst?« Ich wagte es kaum, zu fragen. Hatte Angst vor der Antwort.

Dylan musste das Beben in meiner Stimme gehört haben. Er fuhr den Wagen an den Straßenrand.

»Kylie Roberts aus Kansas, erweist du mir die Ehre und verbringst ein paar Stunden mit mir in Disneyland?«

Er war verrückt. Ich fiel Dylan um den Hals, blieb dabei ungeschickt an der Mittelkonsole hängen. Dylan zog mich kurzerhand auf seinen Schoß. Ohne Zögern fanden meine Lippen seine. Wir küssten uns, als gäbe es kein Morgen, als hinge unser Leben davon ab. Tränen der Freude kullerten über meine Wangen.

»Ist das ein Ja?«

»Du bist völlig verrückt, Dylan. Ja, natürlich will ich.«

Wieder verschmolzen unsere Lippen miteinander. Ich spürte die Hitze, vergrub meine Hände in Dylans langem Haar. Er zog mich noch enger an sich.

Wir verloren uns ganz im Augenblick, bis ein Familienvater in einem Kombi voller Kinder hupend und schimpfend an uns vorbeifuhr.

Dylan lachte, während ich peinlich berührt zurück auf meinen Sitz kletterte.

»Na dann, auf nach Disneyland.« Dylan lenkte das Auto wieder auf die Straße und nahm meine Hand in seine. Er war umwerfend. Es berührte mich tief, dass er sich diese Geschichte gemerkt hatte und mir nun diesen Wunsch erfüllte. Ich war zwar nicht mehr sieben, aber Nate hatte recht. Dylan war großartig.

Irgendwie hatte er es geschafft, dass wir an den langen Warteschlagen vorbeigehen konnten. Zum Glück kannte er sich hier aus, ich hätte mich gnadenlos verlaufen.

»Ich liebe es hier. Ich liebe es, dass du das möglich gemacht hast.«

»Und ich liebe dich.«

»Wie kannst du das einfach so sagen?«

»Weil es wahr ist.«

»Es ist gar nicht so lange her, da sah das ganz anders aus.«

»Du hast mich einfach von der ersten Sekunde an in den Wahnsinn getrieben.«

»Auf gute oder schlechte Art?«

»Auf eine allumfassende Art.«

»Was bedeutet das nun?«

»Dass ich nicht mehr auf dich verzichten möchte, du Nervensäge.«

»Dann bin ich nun also deine Nervensäge?«

»Wenn du das möchtest?«

Und natürlich wollte ich das. Es gab nichts, was ich lieber wollte.

Als mein Handy klingelte, fiel mir ein, dass ich wieder vergessen hatte, mich bei Lucy zu melden. Schnell ging ich ran und erzählte ihr, wo ich war.

»Während ich hier vor Sorge vergehe, amüsierst du dich mit Winnie Puh?« Ich kannte Lucy gut genug, um zu hören, dass ihre Entrüstung nur gespielt war.

»Den habe ich noch nicht gesehen, aber Goofy hat mich vorhin umarmt.«

»Wusste ich doch, dass Dylan ein verdammter Traummann ist. Muss er sein, wenn er sich so etwas einfallen lässt.«

»Meiner ist es zumindest.«

»Ich freue mich für euch. Wie lange bleibt ihr?«

»Wir haben nur ein paar Stunden, bald müssen wir wieder los. Die Zeit reicht kaum aus, um auch nur einen Bruchteil zu sehen. Wir werden auf jeden Fall noch mal mit mehr Zeit hierherkommen.«

»Wie hat Dylan das in so kurzer Zeit organisiert?«

»Keine Ahnung. Er meinte nur, Nate hätte Kontakte.«

»Hm, interessant. Schick mir nachher mal ein Bild von diesem Nate. Sicher ist er auch heiß, oder?«

»Ich schicke dir ein Bild, dann kannst du das selbst beurteilen. Bis bald.«

Lächelnd wandte ich mir wieder Dylan zu.

»Ist es seltsam, dass ich trotz des ganzen Chaos glücklich bin?«, fragte er mich.

»Vermutlich ja, aber dann sind wir beide seltsam.«

Er nahm wieder meine Hand, und wir schlenderten weiter durch diese laute, bunte und künstliche Welt der Kindheitsträume.

Die Wahrheit ist, dass mich all das, der ganze Trubel, als Kind vermutlich überfordert hätte. Ich war eher still und ruhig gewesen. Hier wäre ich mir ganz verloren vorgekommen. Meine Mom hatte also alles richtig gemacht. Der Gedanke ließ mich schmunzeln. Sie kannte mich einfach sehr gut. Dylan musste nachher unbedingt noch ein Bild von mir mit den obligatorischen Mausohren vor dem Schloss machen. Das würde ich meiner Mom schicken.

Viel zu schnell war die Zeit vergangen, und wir saßen wieder im Auto. Dylan wollte unbedingt so schnell wie möglich zu Ty, um seinen Ausstieg zu verhandeln. Allein der Gedanke daran machte mir Angst. Was, wenn Ty es ablehnte, oder noch schlimmer, wenn er Dylan verletzen oder gar töten würde? Ich konnte nichts tun. Das machte mich wahnsinnig. Ich war zwischen der Hoffnung, dass die Fahrt einfach ewig dauern würde und dem Wunsch, dass alles bereits ausgestanden wäre, gefangen. Es war unerträglich, und doch blieb nur ein erwachsener Umgang mit der Situation.

MY RIDICULOUS NORMAL LIFE
Plauder-Blog von Kylie Roberts

Hi Leute,

ich wollte mich mal melden, auch wenn Lucy hier einen richtig guten Job macht. Mir geht es gut und ich hoffe, bald wieder regelmäßig posten zu können. Falls das nicht klappt, ist Lucy natürlich weiter für Euch da.

Übrigens bin ich erstaunt. Ich hatte keine Ahnung, dass Astronauten so hoch im Kurs stehen. Wenn ich zukünftig den Himmel anschaue, werde ich entweder Wolken beobachten oder von Astronauten träumen. :D

Eure ganzen Nachrichten werde ich nach und nach lesen und nach Möglichkeit beantworten. Lasst mir aber etwas Zeit, da ist eine ganze Menge zusammengekommen.

Macht es gut und hört immer auf Euer Herz.

Eure Kylie xx

3 2

Kylie

Ich hielt diese Spannung nicht mehr aus. Ich hatte das Gefühl, zu platzen, wenn ich noch eine einzige Sekunde länger warten müsste. Da musste etwas schiefgelaufen sein. Dylan hätte sich längst melden müssen.

»Beruhige dich, Kylie. Es ist bestimmt alles in Ordnung. Willst du noch ein Glas Wein?«, wollte Molly wissen.

»Ja, nein. Ah, ich werde noch verrückt! Ich hätte ihn nicht allein dahingehen lassen sollen.« Das sagte ich schon zum tausendsten Mal, mindestens. Dylan hatte darauf bestanden. Natürlich war meinem rationalen Teil klar, dass es das Beste war. Was hätte ich auch tun sollen, wenn es schief ging? Dieser Gedanke machte mich krank. Was, wenn etwas schief laufen würde? Was, wenn Dylan sich nie wieder bei mir melden würde? Wenn er uns nie das »Go« geben würde? Inzwischen war mir vor Nervosität so übel, dass ich dachte, ich müsste mich übergeben. Ich zitterte vor Verzweiflung. Wieder einmal sprang ich auf, um durch Mollys Wohnzimmer zu tigern.

Offenbar hatte sie es aufgegeben, mich davon abhalten zu wollen. Ich konnte nicht mehr stillsitzen, der Wunsch, irgendetwas zu tun, war übermächtig. Aber es gab nichts, was ich an der Situation ändern konnte. Es gab nichts, was ich tun konnte. Wieder einmal starrte ich mein Smartphone böse an, als könnte ich es dadurch zwingen, zu klingeln.

Molly und ich zuckten zusammen, als es dieses Mal tatsächlich klingelte. Vor Schreck fiel es mir fast aus meiner zitternden Hand. Die Nummer war unterdrückt.

»Dylan?«, hauchte ich.

»Ja, ich bin's, Babe.«

Erleichtert atmete ich aus. Dem Schicksal sei Dank.

»Geht es dir gut?«

»Ja, es ist alles geklärt. Ich bin raus.«

Mein Freudenschrei ließ nun auch Molly erleichtert aufatmen.

»Shit, dieser Nervenkitzel war echt krass. Kann es losgehen?«, fragte sie, als ich das Telefonat beendet hatte. Ich bestätigte ihr, dass Dylan auf dem Weg hierher war.

»Deine Tante und sein Onkel sind sicher weg?«, fragte ich Dylan.

»Ja, das hat Nate mir bestätigt.«

»Okay, dann mal los.« Molly atmete tief durch, stelle sich aufrecht hin und setzte ihr charmantes Lächeln auf, wie ich es schon oft bei ihr gesehen hatte. Molly war der Ansicht, dass man ein Lächeln am Telefon hören konnte.

„Hi Sergeant, hier ist Molly Milton. Ich habe eine Story für Sie. Wenn Sie genau zuhören und heute noch die richtigen Knöpfe drücken, könnte dieser Fall Sie zum Captain machen. Interessiert?"

Molly wusste, wie sie ihre Gesprächspartner in Sekundenschnelle umgarnte. Ob ich das jemals lernen würde? Den Rest von Mollys Gespräch bekam ich nicht mit. Mir war klar, dass es einer der wichtigsten Punkte in unserem Plan war, aber sie bekam das hin. Da war ich mir sicher. Ich setzte mich auf die Couch und trank einen großen Schluck Wein. Ich fühlte mich plötzlich wie ein Luftballon, aus dem man die Luft gelassen hatte. Vermutlich baute sich das Adrenalin in meinem Körper bereits ab. Ich hatte solche Angst um Dylan gehabt. Natürlich war mir klar gewesen, dass er sich in Gefahr begab. Aber es zu fühlen war etwas ganz anderes, als es bloß zu wissen.

Ich sehnte mich nur noch danach, Dylan in die Arme zu schließen und nie wieder loszulassen.

Molly riss mich aus meinen Gedanken.

»Er hat angebissen. Jetzt versucht er, einen Staatsanwalt zu überreden, Dylan Immunität zu gewähren. Sobald er das geschafft hat, geht es los. Er will sofort Dylans Aussage aufnehmen und alle Beweise sichten.«

»Heute noch? Kann er nicht erst einmal Ty verhaften?«

»Nein, Kylie, er gilt schließlich als erfolgreicher Geschäftsmann und Wohltäter. Die Polizei braucht mehr als meine Hinweise, um ihn auch nur zum Verhör zu laden«, erklärte Molly geduldig. Sie hatte recht. Natürlich hatte sie recht.

Frustriert rieb ich mir über meine müden Augen. Alles musste offiziell sein und der üblichen Vorgehensweise entsprechen. Nur so konnte verhindert werden, dass einer dieser aalglatten Anwälte Ty wegen eines Fehlers raushauen konnte.

»Kylie, bald haben wir es geschafft. Wir haben dann nicht nur Dylan geholfen, sondern mehrere echt üble Typen von der Straße geholt. Aber das Beste ist, dass du danach sicher eine ganze Menge Jobangebote bekommen wirst.«

»Jobangebote? Aber du hast die ganze Arbeit gemacht.«

»Rede keinen Unsinn. Ohne dich wäre dieser Artikel nie entstanden.«

»Was, wenn Orsen den wieder ablehnt?«

»Das kann er nicht. Über diesen Skandal wird jeder berichten. Er kann es sich nicht leisten, das nicht zu tun. Vor allem wenn rauskommt, dass zwei seiner Mitarbeiter aktiv bei der Zerschlagung geholfen haben.«

Das stimmte, wow. Molly sah mich stolz an.

»Ja, Kylie, du bist eine Journalistin. Es werden unsere beiden Namen unter dem Bericht stehen.«

Ich sah sie mit großen Augen an. Sie hatte recht. Ich hatte es geschafft. Schneller als es mir lieb war. Aber wenn ich eines aus der ganzen Sache gelernt hatte, dann war es, dass ich alles erreichen konnte, wenn ich es mir nur selbst erlaubte.

Plötzlich ging alles unglaublich schnell. Kaum war Dylan da, bekamen wir die Info, dass Dylan Straffreiheit garantiert wurde. Wir fuhren zum Revier. Molly und ich warteten, während Dylan seine Aussage machte.

Molly hatte Orsen noch nicht informiert. Damit wollte sie warten, bis die nötigen Haftbefehle ausgestellt und Ty und all die anderen verhaftet worden waren.

All das zog sich ewig hin. Immer wieder wurde die Aussage unterbrochen, um den Wahrheitsgehalt zu prüfen.

Irgendwann war es vorbei, und wir konnten gehen. Wir fuhren zurück zu Molly. Das Gästezimmer hatte sie sowieso schon für mich gerichtet. Kaum waren wir da, fielen wir ins Bett. Ich war so erschöpft, dass ich meine Augen kaum noch aufhalten konnte. Dylan schien es ähnlich zu gehen.

Er zog mich an seine Brust und küsste meinen Scheitel. Einen besseren Schlafplatz gab es auf der ganzen Welt nicht.

Wenige Stunden später weckte mich Molly wieder auf. Wir wurden in Orsens Büro erwartet. Es fühlte sich nicht richtig an, dass ich mich wieder von Dylan verabschieden musste, auch wenn es nur für kurze Zeit, höchstens ein paar Stunden, sein würde.

Orsen war nicht begeistert von unserem Alleingang, was er uns auch direkt wissen ließ. Dann schickte er Molly vor die Tür, um sich mich allein vorzuknöpfen. Als Molly protestieren wollte, unterbrach ich sie.

»Es ist okay, ich kann allein für mich sprechen.« Erst sah sie mich skeptisch an, aber irgendetwas in meinem Blick musste sie überzeugt haben. Sie gab nach und verließ das Büro.

Orsen hatte offenbar erwartet, dass ich so eingeschüchtert reagieren würde wie an meinem ersten Tag. Das war ja schließlich noch gar nicht so lange her, auch wenn es sich im Moment für mich so anfühlte. Es war viel passiert. Vieles, was mich gefordert, ja beinahe überfordert hatte. Aber nun erkannte ich, dass ich daran gewachsen war. Noch hatte ich mein Ziel zwar nicht ganz erreicht, aber ich war auf dem besten Weg. Und das fühlte sich gut an.

»Mrs Roberts, Sie sind noch nicht lange bei uns. Daher werde ich Sie in aller Deutlichkeit darüber informieren, dass ein solches Verhalten hier nicht geduldet wird.«

»Verzeihen Sie, wenn ich Sie unterbreche, Mr. Orsen. Aber von welchem Verhalten sprechen Sie? An meinem ersten Tag hier haben Sie mir gesagt, dass man 150 % geben muss, um nicht unterzugehen oder gefressen zu werden. Mit dieser Story habe ich weit mehr als das gegeben. Ich habe mich sogar persönlich in Gefahr gebracht, ich wurde genötigt und bedroht. Dennoch habe ich alles dafür getan, dass Sie und diese Redaktion eine Topstory bekommen. Molly und ich haben es genau für Sie dokumentiert.«

Molly war gut vorbereitet. Sie hatte eine ausführliche Dokumentation über unsere Recherche erstellt, sodass Orsen alles nachvollziehen konnte. Molly hatte sie etwas geschönt, denn alles musste er nun wirklich nicht wissen, wie sie mir mit einem verschwörerischen Augenzwinkern erklärt hatte.

Mit diesen Infos konnte Orsen behaupten, er wäre von Anfang an involviert gewesen. Er konnte es als Erfolg für seine Abteilung verbuchen und Kapital daraus schlagen. Zumindest für eine kurze Zeit. Denn wir wussten, dass auch er sich von Tyson Bennett hatte schmieren lassen. Aus diesem Grund

222

hatte er Mollys ersten Artikel über Straßengangs abgelehnt. Sicher hatte Orsen bald das Vergnügen, von der Polizei zu seiner Verbindung mit Bennett befragt zu werden. Dylan hatte Orsens Namen bei seiner Aussage erwähnt, denn es gab einiges, was er für Bennett getan hatte.

Natürlich schwiegen Molly und ich darüber, wir wollten ihn schließlich nicht warnen. Nachdem die wichtigsten Dinge besprochen worden waren, sehnte ich mich nach Schlaf, auch wenn ich bei all der Aufregung vermutlich nicht so schnell mehr würde einschlafen können. Es war noch recht früh, aber die ersten Infos waren an die übrigen Medien durchgesickert. Alle stürzten sich auf die Story. Jeder wollte sein Stück vom Kuchen abbekommen. Orsen konnte dem nun erst einmal gelassen entgegen sehen. Immerhin hatten zwei seiner Mitarbeiterinnen dazu beigetragen, dass es zu dieser spektakulären Verhaftungswelle gekommen war. Molly prophezeite mir, dass in kürzester Zeit kein anderes Thema mehr in den Nachrichten zu sehen sein würde. Wir hatten eine richtig große Story an Land gezogen. Nicht nur Tyson Bennett wurde verhaftet. Es folgten zahlreiche Verhaftungen von unzähligen Gangmitgliedern, aber auch den Bossen dahinter, und das nicht nur in New York.

Molly war sich sicher, dass Dylans Hinweise dazu geführt hatten. Bennett und einige andere würden sicher bald anfangen, auszupacken, um einen Deal zu bekommen. Wenn die Cops es richtig machten, konnten sie die Verdächtigen gegeneinander ausspielen und so genug Infos bekommen, um alle für lange Zeit hinter Gitter zu bringen.

Ich konnte es nicht erwarten, Dylan wiederzusehen. In all dem Trouble, der grade losbrach, war er mein Ruhepol.

Sicher schlief er noch, denn an sein Handy war er nicht gegangen, als ich nach dem Verlassen der Redaktion bei ihm angerufen hatte. Molly und ich besorgten noch schnell Frühstück, bevor wir zurück in die Wohnung gingen.

In den kommenden Tagen sollten wir uns alle etwas bedeckt halten, bis die Polizei ihre Arbeit machen konnte und es keine Racheaktionen gegen uns würde geben können.

Schon bevor Molly den Schlüssel ins Schloss steckte, um die Tür zu ihrem Apartment aufzuschließen, bekam ich Herzklopfen. Gleich würde ich Dylan aufwecken. Im Schlaf sah er so entspannt aus. Gleich würde ich ihn wieder sehen, riechen, fühlen können. Es war verrückt, dass mich der Gedanke daran so glücklich machte. All das hatte ich nicht geplant. Nein, das hätte ich mir nicht einmal vorstellen können. Es war so unwirklich, wie schnell sich mein Leben geändert hatte.

Leise öffnete ich die Tür zum Gästezimmer. Ich war auf direktem Weg hierher geschlichen. Molly hatte sich darüber lustig gemacht, dass ich keine Sekunde ohne Dylan vergeuden wollte.

Mein erwartungsvolles Lächeln fiel in sich zusammen, als ich das Bett leer vorfand.

Bestimmt war Dylan im Bad.

»Was ist los, Kylie?« Molly musterte mich. »Wo ist Dylan?«

»Vermutlich im Bad.«

»Nein, da war ich gerade.«

Schnell nahm ich mein Handy zur Hand. Es würde sich sicher gleich aufklären. Mein Anruf wurde jedoch direkt an die Mailbox weitergeleitet. Mollys erwartungsvollem Blick begegnete ich mit einem Kopfschütteln.

»Kylie, fällt dir irgendetwas ein? Hat er erwähnt, wo er hin wollte?«

Meine Gedanken rasten sinnlos durch meinen Kopf. Keiner ergab Sinn. Er hatte nichts davon gesagt, dass er irgendwohin gehen wollte. Wurde er verschleppt? Langsam sah ich mich in

Mollys Wohnung um. Hier gab es keinerlei Spuren, die auf Fremdeinwirkung hindeuteten.

»Vielleicht ist er wieder bei der Polizei? Vielleicht haben die noch weitere Fragen?«

»Nein, das glaube ich nicht. Nicht um diese Uhrzeit.« Molly runzelte die Stirn.

»Es muss doch irgendetwas geben, was wir tun können?« Hilflos sah ich sie an. Ich konnte Dylan nicht verlieren, nicht, nachdem wir uns gerade erst gefunden hatten. Ein hässlicher Gedanke machte sich in mir breit. Dylans Vater war geflohen, als es unbequem wurde. Vielleicht tat Dylan das gerade auch. Sein Vater hatte seine Frau und seinen Sohn zurückgelassen, dagegen war es doch nichts, mich zurückzulassen.

Aber so war Dylan nicht, bestimmt nicht. Trotzdem gab es diesen winzigen Zweifel in mir. Er hatte mich gerade erst vor wenigen Tagen von sich gestoßen und war abgehauen. Bedeutete ich ihm doch nicht so viel? War ich nur ein Mittel zum Zweck gewesen, um von der Gang loszukommen? Mein Herz flehte mich an, nicht so über Dylan zu denken. Mein Kopf wollte das genauso wenig, aber da gab es eine Sache, die nicht geleugnet werden konnte. Dylan war nicht hier. Er hatte weder angerufen noch eine Nachricht hinterlassen. Und er ging auch nicht an sein verdammtes Handy.

»Wir brauchen mehr Koffein.« So wie Molly meinem Blick auswich, konnte ich mir denken, dass sie ähnliche Schlüsse gezogen hatte wie ich.

Wir beide sprachen es nicht aus. Stattdessen wollte ich irgendetwas Aufmunterndes sagen, so etwas wie »Er kommt bestimmt gleich wieder. Es gibt sicher eine einfache Erklärung dafür.« Aber selbst für mich klang das hohl, also schwieg ich einfach.

Wo zum Teufel bist du, Dylan?

Kylie

Irgendwann hatte Molly ihren Kontakt bei der Polizei gefragt, ob er etwas von Dylan wüsste, aber das war nicht der Fall.

Wir hatten uns auf die Couch verkrochen und den Mediensturm verfolgt. Es war die Sensation des Tages oder des Jahres, das blieb abzuwarten.

»Kylie?«

»Ja?«

»Danke, das war ein verdammt guter Job.«

»Es war nicht einfach nur ein Job«, gab ich zu. Ich hatte keine Ahnung, ob ich ohne meine Faszination für Dylan drangeblieben wäre. Und das wurmte mich.

»Ich weiß, und gerade deshalb ist es umso schwerer, neutral zu bleiben. Aber das ist dir gelungen. Obwohl Dylan dir wichtig war, hast du nichts beschönigt, keine Fakten verdrängt und bist objektiv geblieben. Das war solide, journalistische Arbeit.«

Diese Worte zu hören, war unglaublich. Besonders, da sie von Molly kamen, die wirklich eine der großen in diesem Job war. Mir war klar, dass sie es nicht gesagt hatte, um mich zu trösten oder aufzumuntern. Sie hatte es gesagt, weil es ihre ehrliche Meinung war. Ich fühlte, wie sich Tränen in meinen Augen sammelten. Es bedeutete mir viel. Durch ihre Worte gelang es mir, neutral darüber nachzudenken, welchen Anteil ich an dieser Story hatte. Und ja, sie hatte recht. So klein war er nicht. Wie ich schon zu Orsen gesagt hatte: Ich hatte alles gegeben, und so hatte Molly diese Artikel schreiben können. Stolz erfüllte meine Brust. Ich musste unbedingt Lucy anrufen, wenn es bei ihr etwas später wäre. Denn nicht nur Molly, sondern auch Lucy hatte ich viel zu verdanken.

Trotzdem wollte sich das erwartete Hochgefühl nur kurz einstellen. Noch waren nicht alle wichtigen Leute verhaftet. Noch konnte es schiefgehen. Molly und ich hatten uns nicht umsonst nur schriftlich zu Interviewanfragen geäußert.

Da es zudem eine vorläufige Pressesperre gab, drehten manche Reporter fast durch und ergaben sich in endlosen Vermutungen bis hin zu Verschwörungstheorien. Das war echt traurig, denn es war genau das Gegenteil von dem, was mir an dem Job so wichtig war.

Was mich inzwischen immer mehr beunruhigte war, dass ich immer noch nichts von Dylan gehört hatte.

Mollys Handy vibrierte wieder einmal. Sie sah auf das Display, nahm den Anruf an und verließ das Wohnzimmer.

Mein Blick schweifte zurück zum Bildschirm, wo immer wieder die gleichen Bilder von unterschiedlichen Verhaftungen gezeigt wurden. Es wurden Wohnungen und Büros durchsucht. Natürlich auch das Jugendhaus. Wo die Kids nun wohl hingingen? Ich wusste, dass Dylan sich große Sorgen darum gemacht hatte, was aus ihnen wurde. Er fühlte sich verantwortlich für sie und wollte sie möglichst raushalten. Sie waren jung und hatten den falschen Leuten vertraut.

Genau wie er vor einigen Jahren. Aber es war nicht nur das. Sie waren ihm wirklich wichtig. Er mochte die Arbeit im Jugendhaus. Die Gespräche über die Ängste und Sorgen, die entstanden, wenn einer der Jungs dort Vertrauen zu ihm gefasst hatte. Aber auch das Wissen über die Restaurierung alter Möbel zu vermitteln machte ihm Spaß. Dylan hatte ihr von dem tröstenden Gefühl berichtet, das der Geruch nach

Holz und Leim oder die Haptik eines frisch geschliffenen Stückes Holz in ihm auslöste.

Wo war er nur hin? Weshalb meldete er sich nicht?

Molly kam zurück. Ihr Kontakt bei der Polizei hatte ihr geraten, dass wir erst einmal ein paar Tage untertauchen sollten. Es würde länger dauern als geplant, bis alle Verhaftungen und Verhöre erfolgreich wären. Bis dahin müssten wir damit rechnen, dass uns jemand aufspüren konnte, wenn wir in der Stadt blieben. Zudem hatte sie erfahren, dass Dylan Zeugenschutz abgelehnt hatte.

Ratlos sahen wir uns an. Erst hatte ich überlegt, ob wir einfach zu meiner Familie nach Kansas fliegen sollten, aber dorthin wollte ich niemanden locken. Genauso wenig wie zu Lucy. Sie machte sich übrigens keine Sorgen um Dylan. Wer so aussah und so eine Stimme hatte, der würde nicht einfach abhauen. Außerdem war er so lange in der Gang gewesen, ohne, dass ihm was passiert wäre, er würde auch jetzt klarkommen. Mir fiel es nicht so leicht, meine Sorge um ihn zu unterdrücken. Lucy war sich sicher, dass sich alles bald auflösen würde. Was ihr jedoch Sorgen machte, war Mollys und meine Sicherheit.

Als es an die Tür von Mollys Apartment klopfte, zuckten wir zusammen. Eigentlich hatten wir dem Portier gesagt, dass er niemanden nach oben lassen sollte. Zu viele Reporter hatten versucht, uns auf den unterschiedlichsten Wegen zu erreichen.

»Nun macht schon auf, ich bin es!«, rief eine warme, raue Stimme.

Dylan? Ich zwängte mich an Molly vorbei zur Tür und riss sie auf, so schnell es die Sicherheitsschlösser zuließen.

»Oh mein Gott, du bist es wirklich!« Ohne nachzudenken, fiel ich ihm um den Hals. Dylan drückte mich fest an sich und lachte. Ich sog seinen vertrauten Duft tief ein.

»Wo warst du?« Mollys ernste Stimme riss mich aus meinem Freudentaumel. Als mein Hirn einsetzte, verpuffte die Wiedersehensfreude.

Abrupt löste ich mich von Dylan und trat zurück.

»Ja, wo warst du? Warum hast du keine Nachricht hinterlassen? Warum bist du nicht an dein Telefon gegangen?« Meine Sorge, meine Angst waren mit einem Mal wieder da.

Dylan sah uns ungläubig an. Seine Augen verengten sich zu kleinen Schlitzen, als er mich fixierte. Ich ließ mich nicht einschüchtern.

»Dylan, du bist gegangen. Ich wusste nicht, wo du warst, ich wusste nicht, ob du je zurückkommen würdest.« Obwohl ich gefasst sein wollte, klang aus meinen Worten die ganze Verzweiflung, die ich empfunden hatte, seit ich das Gästezimmer leer vorgefunden hatte.

»Nach allem zweifelst du noch an mir?« Dylan sah mich ungläubig an.

»Glaubst du wirklich, ich hätte auch nur eine Wahl? Ich könnte mich einfach so von dir abwenden und trotzdem glücklich werden? Von der ersten Sekunde an, in dieser verdammten Gasse, hatte ich keine Wahl. Ich musste dich näher kennenlernen. Auch wenn ich gehofft hatte, dass du einfach langweilig wärst, du warst es nicht. Ganz im Gegenteil, die Faszination hat sich noch gesteigert.«

Mit offenem Mund starrte ich ihn an. Ich hatte keine Ahnung, dass er so empfand. Dass er so ehrlich war, ließ mich hoffen.

»Du glaubst mir immer noch nicht?« Dylan wartete meine Antwort erst gar nicht ab. Er drehte sich um, und für einen Sekundenbruchteil dachte ich, er würde mich einfach stehen lassen und endgültig gehen. Aber er griff nach seinem Handy und ging ins Gästezimmer. Ich hörte noch, wie er Nate begrüßte, bevor er die Tür schloss.

Weshalb rief er Nate an? Er hatte ihn doch gerade erst gesehen. Ob er herausgefunden hatte, dass Nate ihn auf meinen Wunsch hin beim Pokern hatte gewinnen lassen?

Unschlüssig stand ich da und wartete, bis Dylan nach wenigen Minuten zurückkam.

»Mädels, packt eure Sachen.«

Irritiert sahen Molly und ich erst ihn und dann uns an. Sie schien genauso wenig zu verstehen, was hier vor sich ging.

»Wir sollten erst mal die Stadt verlassen. Nate ist bereit, uns zu helfen. Wir können sein Haus auf den Bahamas nutzen. Der Flieger sollte in etwa einer Stunde startklar sein.«

»Du hast Nate angerufen?« Ich wusste, dass er das nicht getan hatte, seit er in New York wohnte. Nun hatte er es getan, damit wir in Sicherheit sein konnten. Ich konnte nur ahnen, wie schwer es ihm gefallen war, Nate darum zu bitten.

»Für dich würde ich alles tun.« Eindringlich sah Dylan mich an.

»Während ihr hier rumturtelt überlege ich, welcher meiner Bikinis am besten zum Schwimmen mit Schweinen passt.« Molly freute sich offenbar sehr auf die Bahamas. Auch ich konnte es noch nicht fassen. Vor kurzem erst hatte ich Kansas verlassen, und nun war ich in wenigen Wochen so weit gekommen.

Auf dem Weg zum Privatjet von Nates Eltern wirkte es, als wäre Dylan mit seinen Gedanken ganz weit weg.

»Was ist los?«

»Vorhin war ich bei den Jungs vom Jugendhaus.«

»Du hättest es mir sagen oder mir eine Nachricht schreiben können.«

»Es war spontan.« Er seufzte und sah mich an. »Zwei der Jungs haben mich bei Molly aufgespürt, also bin ich mitgegangen, um euch da rauszuhalten. Die Jungs waren echt angepisst, sie sahen mich als Verräter an. Ich hatte das erwartet und konnte es zum Glück klären. Aber dadurch wusste ich auch, dass das Apartment nicht mehr sicher war.«

»Danke, dass du Nate um Hilfe gebeten hast.«

»Es gibt kaum etwas, das ich nicht für dich tun würde.«

»Ich hatte wirklich Angst. Angst, dich nie wiederzusehen.« Ich schämte mich nicht für dieses Geständnis, denn Dylan verstand es genauso, wie ich es meinte. Er beugte sich zu mir herüber und gab mir einen Kuss auf mein Haar.

»Ernsthaft, Süße. So schnell wirst du mich nicht mehr los.«

Ende

EPILOG

Kylie

»Oh wow, du hast es wirklich geschafft?« Ich begrüßte meine beste Freundin mit einer innigen Umarmung.

»Niemand, Kylie, wirklich nichts und niemand hätte mich davon abhalten können, heute hierher zu kommen. Nicht mal dieser verdammte Sturm.«

»Bestimmt nur, weil du Nate endlich kennenlernen willst«, zog ich Lucy auf.

»Du hast mich ertappt. Es geht nicht darum, meine beste Freundin zu feiern, weil sie diese unfassbar spektakuläre Auszeichnung bekommt.«

»Es ist eher eine Ehrung.«

»Sei nicht so ein Klugscheißer. Es ist der Beginn einer fabelhaften Karriere.«

»Das hoffe ich.«

»Sei nicht so nervös, deine Freundin hat völlig recht. Wir bekommen diese Ehrung, weil wir beide einen verdammt guten Job gemacht haben. Und nicht nur das, wir haben diese kriminellen Wichser hinter Gitter gebracht.«

Molly übertrieb wie üblich. Aber natürlich hatte sie recht. Wir hatten einen verdammt guten Job gemacht.

»Wo ist dein Loverboy?«

»Er wollte nach dem Jugendhaus gleich hierherkommen. Vielleicht ist ihm etwas dazwischengekommen.« Ich zuckte mit den Schultern, als wäre es mir gar nicht wichtig, diesen Moment gemeinsam mit Dylan zu feiern. Vermutlich konnten sie mir meine wahren Gefühle jedoch ansehen. Die beiden kannten mich einfach zu gut.

Natürlich verstand ich, dass Dylan mit dem College und der Arbeit im Jugendhaus viel um die Ohren hatte. Wenn eines der Kids ihn brauchte, war er für sie da, egal, um welche Zeit.

Ich selbst verbrachte auch nach Feierabend viel Zeit mit meiner Arbeit. Weil ich sie so liebte und beweisen wollte, dass ich es verdient hatte, so schnell eine Festanstellung bekommen zu haben.

Trotzdem fanden wir genug Zeit für uns. Hoffentlich würde Dylan gleich auftauchen. Hoffentlich gab es keinen Notfall.

Am Anfang war es schwer gewesen, den Jungs zu vermitteln, dass Dylan es ernst meinte. Dass er ihnen einen anderen Weg zeigen wollte und dies nicht nur vorgab, wie es Bennett getan hatte.

Einer der Jungs fragte Dylan, was er denn aus seinem Leben machen wollte. Das war der Moment, in dem Dylan begriff, dass es nicht nur eine neue Chance für die Jungs war, sondern auch für ihn. Er hatte sich im College eingeschrieben und arbeitete nebenbei weiter im Jugendhaus. Der neue Leiter war nicht der engagierteste, aber er ging wenigstens niemandem auf die Nerven. Dylan hatte nicht alle Jungs halten können. Aber damit kam er inzwischen klar.

»Hey Ladys.«

»Hey, Nate! Schön, dass du es geschafft hast. Das sind Molly und Lucy. Mädels, das ist Nate.«

»Oh, wie schade.«

»Was ist schade?«

»Dass du so jung bist.«

»Und bestimmt auch, dass du vergeben bist. Oder, Molly?«

»Ach das.« Molly machte eine wegwerfende Handbewegung. Ihr verzücktes Lächeln verriet jedoch die

Tiefe ihrer Gefühle, was Lucy und mich zum Lachen brachte. Lucy hatte nämlich ihre eigenen Nachforschungen angestellt, als Molly und ich unseren Coup planten. Sie hatte herausgefunden, dass Steven Molly nie abservieren wollte, sondern es ein dummes Missverständnis zwischen ihnen gegeben hatte. Als Steven Molly damals erklären wollte, was los war, weshalb sein Leben plötzlich so kompliziert geworden war, hatte sie gar nicht weiter zugehört, weil sie zu wissen glaubte, was er ihr mitteilen wollte.

Steven war so enttäuscht von Mollys Verhalten, dass er nie einen weiteren Versuch unternommen hatte, ihr zu erklären, was tatsächlich los war. Erst Lucy brachte all das ans Licht. Wie sie das angestellt hatte, wusste ich nicht. Vermutlich war es nicht ganz legal gewesen. Aber keiner machte ihr einen Vorwurf. Denn als Molly erfuhr, dass Steven ihr von dem Schlaganfall seiner Mutter erzählen wollte, die er bis heute neben der Arbeit pflegte, verteufelte sie ihre Sturheit und machte endlich reinen Tisch. Die beiden sprachen sich aus. Sie gingen eine Weile auf Dates, bis sie entschieden, dass es genug verschwendete Zeit war und sie endlich ein richtiges Paar sein wollten. So wie es damals schon hätte sein sollen. Es war fast ein Wunder. Mit dieser Wendung hätte ich nie gerechnet. Lucy klopfte sich selbst auf die Schulter und verlangte von den beiden, dass sie ihr erstes Kind nach ihr benennen sollten. Egal, ob Mädchen oder Junge.

Ich freute mich für die beiden und genoss mein eigenes Glück mit Dylan. Wir hatten letzte Woche den Mietvertrag für unsere erste gemeinsame Wohnung unterschrieben. Mein Herz schlug vor Aufregung noch immer ganz schnell, wenn ich auch nur daran dachte.

»Hi«, hauchte mir mein Freund ins Ohr. Sein Duft umhüllte mich.

»Du bist da.«

»Natürlich bin ich da.« Dylan küsste mich, bevor er die anderen begrüßte. Er wirkte inzwischen gelassener und entspannter, seit er wieder selbst über sein Leben bestimmen konnte. Ob er mir je alles erzählen würde, was er erlebt hatte, wusste ich nicht. Manches schien ihm immer noch auf der Seele zu liegen. Sicher würde es Dylan helfen, mit jemandem darüber zu sprechen, ich drängte ihn jedoch nicht. Wann immer er es sich von der Seele reden wollte, ich wäre für ihn da.

Alles hatte seine Zeit, und wenn es nach mir ging, dann würde unsere gemeinsame Zeit ein Leben lang andauern.

Hi ihr Lieben,

das war sie nun, die Geschichte von Kylie und Dylan.
Von der ersten Idee bis zum fertigen Buch war es ein weiter
Weg. Zum einen lag das daran, dass in diesem Jahr vieles
anders ist als gewohnt, zum anderen gab es verschiedene
Buchprojekte, mit denen ich beschäftigt war. Dazu kommt,
dass Kylie und Dylan ihrem eigenen Kopf haben und wir
nicht immer gleicher Meinung waren. Manchmal habe ich
gezweifelt, ob je eine runde Geschichte daraus wird. Um so
glücklicher bin ich nun mit dem fertigen Buch.

Wenn ihr schöne Lesestunden hattet, freue ich mich über
positive Bewertungen.

Habt eine schöne Zeit.

Eure Lia

PS: Ich freue mich, auch persönlich von euch zu hören.

www.instagram.com/liabellejones
www.facebook.com/liabellejones

Lia Belle Jones

Wenn die Autorin nicht gerade schreibt, liest oder Zeit mit ihrer Familie genießt, widmet sie sich ihrer anderen Leidenschaft, der Fotografie. Sie hat eine kleine Sammlung alter Kameras, fotografiert jedoch auch selbst und hatte bereits mehrere kleine Ausstellungen.